異世界で
アイテムコレクター
3
時野洋輔
イラスト　冬馬来彩
コーマ&ルシル

ルシル
コーマ
マユ
クルト

カリーヌ
コメット
タラ
マネット

クリス
シー
スー

# 異世界でアイテムコレクター ③

時野洋輔
イラスト　冬馬来彩

新紀元社

# CONTENTS



**これまでのあらすじ**

大魔王の娘ルシルによって異世界に召喚された高校生のコーマ（光磨）。大魔王の魂を呑み込み、強大なパワーとアイテム創造能力を身に付けたコーマは、ルシルの望みをかなえるために異世界に散らばる七十二財宝を見つけることを決意。ついでにコレクター魂を発揮して、さまざまなアイテムを収集しつつ、勇者クリスの従者を務めたり、ショップ「フリーマーケット」の経営に勤しんだり、アイテム作りに励んだりと充実の日々を過ごす。そして、迷宮内の海に浮かぶ島の調査を任されたコーマは、謎の風土病と強大な魔物に立ち向かい、新たな仲間を得た——。

# 登場人物

## ルシル（ルチミナ・シフィル）

魔王ルシファーの娘。七十二財宝を集めるためコーマを召喚。コーマが呑み込んだ魔王の力を封じたことで、子供の姿に。

◀ルシルの本来の姿。

## コーマ（火神光磨）

コレクター気質の高２男子。異世界に召喚され、アイテム創造能力〈アイテムクリエイト〉を身に付けた。

## コメット（グー）

コボルトのグーと少女コメットの魂が融合。

## クリス（クリスティーナ）

勇者。残念美少女で冒険者オタクだが、勇者としては一流。

## タラ

コボルトのタラとゴーリキの魂が融合。

## メイベル・ヴリーヴァ

エルフ。コーマが経営する雑貨店「フリーマーケット」の雇われ店長。

## ユーリ＆ルル

冒険者ギルドのギルドマスターと、いつも一緒にいる少女。

## マユ

島の守り神と呼ばれていた。人魚《マーメイド》の魔王。

## クルト

元犯罪奴隷の少年。錬金術のスキルを持つ。

# プロローグ

多くの冒険者は、迷宮を訪れる。迷宮には魔物がいて危険なのだが、魔物は倒されると魔石や素材を落とし、それが金になる。ほかにも迷宮によっては宝箱があり、その中には迷宮でしか手に入らないアイテムが入っているそうだ。

実はそれは、その迷宮を管理する魔王の罠なのだ。冒険者をおびき寄せるための餌である。その冒険者や迷宮の中の魔物が傷付くことで瘴気が生まれ、その瘴気を食べて迷宮は成長する。

そして、それは俺たちの迷宮――ルシル迷宮も例外ではなかった。

その日、俺たちが管理する迷宮――ルシル迷宮に、多数の訪問者が訪れていた。

彼らはきっと思っているだろう。どうして自分たちはこんな場所にいるのかと。

冒険者ですらない彼らにとって、迷宮は即座に死に直結する場所。実際、彼らが現状を認識すると同時に出会ったミノタウロスは、普通の人間なら十人がかりで戦っても勝てないほどの凶悪な魔物であり、逃げ出せたのは運がよかったと彼らは思っているだろう。本来ならば、出会えば死は免れない。

だが、決して彼らの運がいいわけではない。俺がそうミノタウロスに命じている。

彼らを逃がさないために、出口から遠ざけているのだ。

彼らは、俺が事実上のオーナーである雑貨店「フリーマーケット」の倉庫に忍び込んだ空き巣だった。

フリーマーケットでは、つい最近まで、空き巣の被害に悩まされていた。といっても、商品やお金が盗まれるという被害ではない。

フリーマーケットとその裏にある寮は、俺が作った鍵で施錠している。そのため、通常のピッキング技術で開けるのは不可能。だが、それでも空き巣は自分の技術なら開けられるのではないかと、毎夜毎夜、変わった形の針金を持ってくる。それで失敗するだけなら別にいいし、鍵開けに成功したら成功したで、俺はその腕前を素直に評価して、新たな鍵の作製に取りかかるだけだ。

問題は、空き巣が鍵開けに失敗した腹いせに扉を蹴ったり、無数の針金を鍵穴にツッコんだまま帰っていったり、さらにもっと悪い奴だと落書きをして帰ったりする。そんな空き巣がいるのかと思うのだが、本当にあった話だ。

というわけで、メイベルには昨夜、夜誰もいなくなるときに、わざと倉庫の鍵を開けておくように命じた。

そして、入ってきた空き巣を、防犯カメラとして設置した映像送信器で捉え、ルシルにチョコレートパフェＤＸと交換で作ってもらった遠隔強制転移の罠によって、この迷宮の中に転移するようにした。空き巣に地獄を味わってもらうために。

俺はメイベルたちに許可をもらってフリーマーケットを改装した。耐震強度を高めることは勿論、防火防音防カビ防湿対策を行い、さらには火災が起きたときのためのスプリンクラーも設置した。

そのついでに、床に遠隔操作で動作可能の転移陣を設置した。ルシル迷宮十五階層に一方通行で転移される転移陣を。もっとも、それらは床の模様に紛れていて、見分けることはできない。

映像送信器で倉庫の様子を撮影し、俺とルシル、コメットちゃん、タラの四人が当番制で見張っていて、転移陣を作動させる。そして、十五階層に転移された空き巣たちはミノタウロスに追い立てられ、十六階層より下に誘導されるわけだ。

これはいわゆるルシル迷宮のプレオープンみたいなもので、迷宮の中にはすでに宝箱を配置しており、運がよければプラチナダガーやエースポーションなどのアイテムを手に入れられる。

ただし、運が悪ければ――


「おっと、空き巣Cと標的Dが出会ったようだな」

畳の上に座り、モニターとして魔王城の茶の間に設置している映像受信器を見て、俺は笑った。手に握っている湯呑みは、ほんのりと温かい。

これでみかんがあれば完璧なのにな、などと思いながら、小麦粉と砂糖と牛乳を材料に作ったミルククッキーに手を伸ばす――が、手が空を切った。なにがあった？　と前を見ると、銀髪の美少女――俺をこの世界に召喚した俺の主であり、現在は俺の配下でもあるルシルが、クッキーを三枚手に持っていた。思わず怒鳴ろうかと思ったが、冷静になって部屋の隅を見る。そこでは、コメットちゃんとタラが布団に入って眠っている。俺が起きているのに自分たちが寝るわけにはいかないと言っていたが、明日も畑仕事があるのだからと、無理やり眠らせた。

ふたりを起こすわけにはいかないので、俺はルシルに交渉を持ちかける。

「ルシル、交渉だ。クッキーを一枚寄越せ。そうしたら二枚は諦めてやる」

「嫌よ。コーマなら自分で作れるでしょ」

ルシルはそう言うと、三枚のうちの一枚を口の中に入れた。

「材料が切れているんだよ。お前がクッキーを作るのに全部使ったから」

俺は魔王ルシファーの――ルシルの父親の力を取り込んだあと、ルシルにその能力の大半を封印された。結果、俺はそのルシファーの力の残滓《ざんし》から、ふたつの力を得た。

鑑定と、アイテムクリエイトだ。

鑑定は、アイテムの説明を見る力。

そしてアイテムクリエイトは、素材を組み合わせて新たなアイテムを作る力だ。

例えば、普通一枚のクッキーを作ろうとしたら、小麦粉、水、砂糖、あとはまぁ、牛乳とか卵とかバターとかも揃えるだろう。そして素材が揃ったら、それを調理しなくてはいけない。オーブンもいるだろうし、ボウルやふるい、秤なども必要になる。調理には時間もかかる。

でも、アイテムクリエイトを使えば、小麦粉、砂糖、牛乳の三つだけで、一瞬にしてクッキーを作ることができる。それだけで作ることができる。後片付けも必要なければ、生焼けだったり、焦げたり、分量を間違えたり、砂糖と塩を間違えたりして失敗することもない。

一瞬にして完成品ができ上がるのだ。

ミルククッキー【料理】　レア：★★
小麦粉をこねて焼いた小型の焼き菓子。
ミルクの味がお母さんの味。

鑑定をしても、そして味わってみても美味しいクッキーが。

このアイテムクリエイトの欠点をあげるとすれば、無から有を作ることができないことと、融通が利かないことくらいだ。材料がなければクッキーは作れない。代替品も使えない。

『小麦がなければ大麦を使えばいいじゃない』と、まるでマリー・アントワネットの有名なセリフ（実際には言っていないそうだけど）のようにはいかないのだ。

だから、俺は最後のクッキー一枚の所有権を主張した。

すでにルシルは二枚目のクッキーも口に入れたので、残るクッキーは一枚だ。

「それなら、コーマが私の作ったクッキーを食べてくれたらいいじゃない」

そう言って、ルシルは最後の一枚を食べてしまった。

なるほど、ルシルの奴、俺が彼女の作ったクッキーを食べなかったから不貞腐れているわけか。

可愛いところがあるじゃないか。ただし、作ったのが普通のクッキーだったら、の話だ。

「ルシル、お前の作ったクッキーというのは、いま映像受信器の中で空き巣を襲っている標的D——クッキーゴーレムのことか？」

薄茶色のゴーレムが空き巣を襲っていた。

そう、あれこそが、ルシルの作ったクッキーなのだ。

ルシルは料理が好きなのだが、その完成品がなぜか魔物になってしまうという、謎の力を持っている。しかも、その味はマズイどころの話ではなく猛毒だ。

以前、俺はルシルの作ったパンに襲われたことがあるし、勇者試験ではルシルの作った薬草汁のせいで多数の被害者が出た。しかもその味は、もはや味ではなく強刺激（悪い意味で）であり、食べれば三途の川でバタフライの練習をする羽目になる。

だが、性懲りもなくルシルは料理を作り続けた。だから、フリーマーケットに入った空き巣を転移させては、こうしてルシル料理の処理係として活用している。気絶した空き巣たちも、フリーマーケットでメイベルたちに治療させているので死者は出ていない。

「それにしても、最近のお前の料理、狂暴すぎないか？　気絶させてから自らの体を食べさせるなんて――アン○ンマンもびっくりだよ」

「アン○ンマンは顔しか食べられないでしょ。私の作った料理は全身食べることができるわよ」

「なに、ジャ○おじさんと張り合っているんだよ」

この世界の人には通じないツッコミだが、ルシルはもとの体だったときに地球を観察していたそうで、地球の――特に日本の知識に関しては、偏っているが持っている。

ただし、あのパン職人と料理の腕で比べたら、月とスッポンどころか、天界と魔界くらい正反対の存在だろう。

改めていうが、俺はルシルのことを世界で一番大事に思っている。この感情は友情や愛情を通り越して、もはや信仰といってもいいと思う。友情は脆いし愛情は儚いが、信仰は揺るがない。そして、俺はその信仰の中に友情と愛情を内包しているから、ルシルとはずっと仲良くしたいと思っているし、ルシルのことを永遠に世界で一番愛すると誓っている。

だが、そんな誓いがあっても、彼女の料理を食べたいとは思えない。ルシルの料理を食べるのが愛の試練だとするのなら、俺は愛を捨てる。不燃ゴミの日に捨てる。だって、そこまでいわれてしまえばもう燃えない愛だから。そのくらい彼女の料理は強烈だ。永遠の愛を切り裂くくらいに。

そしてルシルも、最近俺が本気で彼女の料理を拒絶していることに気付いているのか、俺に料理を食べることを強要してこない。

そうこうしているうちに、映像受信器の向こうで、ルシルのクッキーを食べた空き巣が、顔に赤紫の斑点を浮かべ、泡を吹いて倒れていた。

ミノタウロスがそれを見つけ、応急処置を施して、フリーマーケットの倉庫に通じる隠し転移陣へと運んでいった。そして、現在の時刻はすでに朝の五時。なんとかメイベルたちが店に訪れる前に、空き巣全員を処理できたようだ。

そして、コメットちゃんが目を覚ました。

「……コーマ様、ルシル様、おはようございます」

「おはよう、コメットちゃん。これから町に行くんだけど買ってくるものってある？」

「いえ、いまのところ、不足しているものはありませんね」

「そうか……じゃあ、安く売っているものを適当に買ってくるよ。アイテムバッグの中に入れておけば腐らないし」

と、俺は部屋の隅の、タラの横で眠るもうひとりの少女を見た。

俺の妹を名乗る水色半透明の女の子。俺が作った青色の服を着て眠っている。


迷宮が瘴気を取り込むと、迷宮が成長するだけでなく、魔物が生まれることもある。ルシル迷宮にもつい最近、スライムが生まれた。

彼女は魔物強化薬によって、スライムから進化した存在だ。正確な種族はわからないが、スライムらしい。彼女が言うには、スライムという種族は分裂して増えるため、全員が兄弟姉妹であり、そのせいで仲間のことを兄、姉、弟、妹と呼ぶそうだ。

彼女にとって俺は主人であるが、お兄ちゃんと呼んでいるのもそのためらしい。

現在の彼女の名はスラ太郎だけど、女の子だから新しい名前を考えないといけないと思っている。

俺がそんな彼女を見ていると、コメットちゃんはそれだけで察したようだ。

「はい、彼女のこともちゃんと面倒見ますから、安心してください」

「ありがとう。お昼になったらマユも来ると思うから、それまで頼むわ」

コメットちゃんの優しさに甘えているのを理解しながら、俺は感謝の言葉とともに転移陣へと入っていった。

転移石を使って、一気に地上――ラビスシティーへと移動するために。

# 第一章　カチリと外れた隷属の首輪

世界で唯一迷宮のある町、ラビスシティー。広さは、某有名なネズミキャラクターのテーマパーク、ランドとシーを合わせたくらいの面積であり、自治権を持っているため、この町だけで国と同じ機能を有している。

外壁で囲われていて、この町を管理しているのは冒険者ギルド本部だ。

そのため、冒険者の数はとても多いが、当然、冒険者以外にも多くの人が行き来する。

例えば、迷宮の中でのみ採れる魔物の素材などを買い付けにくる行商人や、冒険者のために武器を作る鍛冶師、薬を作る錬金術師、それらを売る店を持つ商人。俺は行ったことはないが、娼館も存在する。当然、人が集まれば子供も生まれるし、そこで暮らせば年老いる。

俺が見かけたのも、七十歳くらいの白髪のお爺さんだった。やけに高そうな服を着ているし、ガタイもいいのだが、いまは元気なくベンチに座っている。

これが昼間だったら声もかけないだろうが、早朝ということもあり人通りが少ないので、俺はなんとなく声をかけてみた。

「どうしたんだ？　体調が悪いのなら人を呼ぶけれど」

「……若いの……何歳だ？」

「……？　十六だけど」

「そうか、羨ましい……ワシはもうダメだ」

そう言って、爺さんは再び俯く。そんな風にされたら、どうにも放ってはおけない。

「なにがあったんだ？　もしかして、病気とかか？」

「病……そうだな、病だ。昨晩、飲み屋のキャシーちゃんを宿にお持ち帰りしたのだが――ワシのイチモツがまったく機能せずに――」

「それはただの老化だろうがっ！　年を考えろ、年を！」

心配して損した。

「人を年寄り扱いするな！　一昨日はしっかりしておったんじゃ」

「その年で連日女を抱くからだ！　……はぁ、変な爺さんに声をかけちまった」

俺は頭を抱え、そしてアイテムバッグから薬を取り出す。

**精力剤【薬品】　レア：★★★**
**夜のお供にこの一本。**
**疲れた体にもよく効きます。**

栄養ドリンクとは違い、即効性のある薬だ。

悲しいかな、俺はこんなものを使う機会はないし、当分訪れることもないから、この爺さんにあげることにした。

「精力剤だ。これが効かなかったらこっちを飲んでくれ。どっちも、そこのフリーマーケットって店で売っているアイテムだから、安心して飲めよ」

俺はそう言って、もう一本の薬を取り出す。

**超精力剤【薬品】　レア：★★★**
**二十歳の頃のあなたに戻れる薬。**
**しばらくの間、きっと眠れません。**

俺はそれぞれのアイテムの説明をすると、爺さんは躊躇せずに、超精力剤の蓋を外して一気に飲んだ。

「おい、爺さん、人の話を聞いていたのか！」

「うぉぉぉっ、滾《たぎ》ってきたぁぁぁっ！　二十代の頃に戻ったわい！」

さっきまで干からびたネギみたいだった爺さんが、目をギンギンに輝かせた。

「助かったぞ。お主、名前は」

「コーマだ。別に礼を言われるほどのことじゃないよ……それより、大丈夫か？」

「うむ、コーマか。いい名前だ。ワシの名は、ゴルゴ・アー・ジンバーラ。ジンバーラ国の元国王だ。しばらくこの町に滞在する予定だから、今後、必ず礼をしよう」

「は？　爺さん、なにを言っているんだ？」

薬に認知症を促進させる副作用なんてなかったはずだけれども。

そう思っている間に爺さんは立ち上がる。

「待っておれ、キャシーちゃん！　フローラちゃん！　ハンナちゃん！　クリーオウちゃん！　ベネッサちゃん！　ミュールちゃん！　カルテータちゃん！　ワシの愛しい愛人たちよ！」

……おいおい、どれだけ愛人がいるんだよ。そうツッコミを入れる前に、爺さんは走り去っていた。凄いな、あの脚力は。さっきまでベンチで落ち込んでいた爺さんと同一人物とは思えない。

（あぁ、そういえば、超精力剤は効果がありすぎて、フリマでは販売中止になったんだった）

そんな薬を飲ませて大丈夫だろうか？　と少し心配になったが、あの調子だと大丈夫そうだ。

もう、あの爺さんのことは忘れよう。そう思ったときだ。

褐色の肌、茶色い髪、袖の広いマジシャンのような服を着た女性ふたりが、こちらに走ってくる。

「コーマ！　ちょうどいいところで会ったよ」

「……久しぶりです」

ふたりは息を切らせながら、俺に駆け寄ってきた。

ふたりとも熊耳獣人で、年齢は俺とそう変わらない。

名前はスーとシー。スーは勇者で、その妹のシーがスーの従者だ。ふたりとももとは凄腕の賞金稼ぎで、武器全般を使いこなすが基本は暗器使いであり、その袖の中には大量の武器を隠しているらしい。走ってくるときに金属同士がぶつかる音なんてまったくしなかったのだけれども、それもまた技術なのだろう。かつて姉のスーとは、ゴーリキを捕縛するために共闘したことがある。

「どうした？　朝っぱらからそんなに慌てて。賞金首でも追いかけているのか？」

そう尋ねたが、スーは首を横に振り、

「このあたりで、妙に高そうな服を着た人を見なかったか？　七十歳くらいのお爺さんで、結構筋肉質な、ガタイのいい――」

「あぁ、なんかいたぞ。ゴルゴ・アー・ジンバーラとか名乗ってたけど……」

「それだ！　どこに行った⁉」

「あっちに走っていったよ」

俺が言うと、スーは礼を言って走り去る。

そして、シーは深々と頭を下げ、姉のあとを追いかけていった。

いったい、なんだったんだ？

もしかして、あの爺さんになにかされたんだろうか？　だとしたら、ご愁傷様だ……あの爺さんが。

合掌し、むにゃむにゃとお経風の文言を述べたあと、自分のことを元国王というくらいだし、詐欺師かなにかだろうな、とそれだけ思って、俺は歩き出す。

「さて、サフラン雑貨店にでも行って、パーカ人形を買い占めようかな」

最近、おひとりさま十個までと制限されるようになった。明らかに買い占めている奴がいるのが原因だろうから、俺も負けないように何回もレジに並んで、パーカ人形を買い占められないようにしないといけないな。

そのためにも、開店前から並ぶのは必須だ。

近所の子供の俺を見る目が痛いんだが、気にするな。これはコレクターの宿命みたいなものだからな。うん。


スーとシーがどうして爺さんを追いかけていたのか？　その日の夜。突然クリスが、スーとシーと一緒に、勇者試験合格祝いのパーティーをしようと言い出した。そのパーティーの中で、俺はその理由を知ることになった。


俺とクリス、スー、シーの四人で、勇者試験合格祝いのパーティーを開くことになったと、通信イヤリングでクリスから連絡があった。これがクリスとふたりだけだったら、俺は当然断っていただろうけれど、スーとシーがいるというのであれば、世間体を考えても行かないわけにはいかないだろう。

勇者試験終了から少し時間が経ってしまったのは、勇者試験合格後の研修や、通り魔事件などがあったためだ。

そもそも、俺たちがクリスと同期の勇者スー、その妹の冒険者のシーと仲良くなったのは通り魔事件がきっかけだから、勇者試験直後にこのメンバーで合格祝いをすることはあり得なかっただろう。

最初、なにも考えていないクリスは、通り魔捕縛記念のパーティーをしようと言い出したのだが、すぐにあの事件の犯人であったゴーリキの境遇を思い出し、その案を引っ込めた。あの事件でのゴーリキは、呪われた魔剣――ブラッドソードに操られていただけだった。捕縛された彼には情状酌量の余地はあったと思う。それでも冒険者ギルドは彼に極刑を執行した。おそらく、彼に殺された他国の騎士団に対する政治的な思惑もあったのだろう。

もっとも、そのゴーリキの魂は天に還ることなく、俺の部下であるコボルト――タラと融合し、いまでも元気に剣の修行に勤《いそ》しんでいるんだけど。

まぁ、そういう事情もあり、全員の都合が合った今日、改めてこのパーティーが催されることとなった。

ラビスシティーの郊外にある湖の畔のレストランでの食事だ。

この町で一番人気のこの店は、予約が半年先まで埋まっているそうだが、スーが勇者の権限を使ってＶＩＰ席を用意させたそうだ。

店員が高そうなワインを運んできて、スーとシー、そしてクリスのグラスに注ぐ。三人ともまだ二十歳未満で日本では飲酒はできないのだが、この町では十六歳から飲酒が可能で、十六歳の俺のグラスにも当然のようにワインが注がれる。

そして、全員がグラスを持ち、

「「「乾杯っ！」」」

俺はワインを一口、口に入れる。空腹の胃には少し堪えるが、甘みが強くて飲みやすい。でも、この一杯だけにしておこう。酒を美味しいと思うには、どうも俺は若すぎるようだ。普通にブドウジュースのほうが美味しい。

そのあとは自然と、最近なにかと話題のお店、フリーマーケットの話になった。

「あの店は本当に凄いよね。特にアイテムバッグ、勇者にだけ先行販売してくれたんだけど。あれを転売するだけで金貨二百枚は儲かるわよ」

「金貨二百枚か。そりゃまた羨ましい話だな」

金貨二百枚といえば、ギルド職員の平均的な生涯給与よりも少し高いくらいだ。転売だけでそれだけ儲かるとは。

ちなみに、このアイテムバッグ、十八個限定で勇者にのみ先行販売された。価格は金貨百枚と高いが、それでも即完売したそうだ。

その話を聞いた商人が、アイテムバッグを買った勇者に売ってほしいと言って転売が横行していたようだが、まさか三倍の価格にまで上がっているとは。

俺のアイテムバッグと違って、フリーマーケットで一般販売したアイテムバッグは無限にアイテムが入るわけではなく、重量制限があるアイテムだ。でも、行商人にとっては喉から手が出るほど欲しい商品だろう。なにしろ、一度に運ぶ商品の量が増えるということは、それだけ交易の純利益が増すし、アイテムバッグの中は時間が停止しているから、生鮮食品が腐ることもないので、普通の行商人が手を出せない品々も運ぶことができる。

のちのちの利益を考えれば、その価格でも安いくらいか。

「……これを売ったらそんな大金になるんですか？」

クリスは自分が持っているアイテムバッグを見て、生唾を飲み込んだ。

「それは俺が貸してやっているアイテムバッグだろ。勝手に売却したら借金に上乗せするからな」

俺はそう言って、フォークで前菜のサラダを食べる。そこそこ美味しい。

「そう言われると、なんでコーマはアイテムバッグをふたつも持っていたの？」

スーが尋ねてきた。俺が作ったから、と言えるわけはない。俺は三人の前では鍛冶師ということになっている。なので、あらかじめ用意しておいた言い訳を使うことにした。

「あそこの店長のメイベルとは昔からの知り合いでな。少し無理言って融通してもらったんだ」

当然、それは真っ赤な嘘だ。

俺とメイベルが出会ったのは勇者試験の前日のことだし、そもそも俺とクリスのアイテムバッグは俺が作ったものだから、メイベルは一切関係ない。

だが、俺がフリーマーケットのオーナーだというのは、魔王軍関係を除けば、メイベルとエリエール、そして冒険者ギルド職員の一部の人間しか知らない秘密だし、表立って公表するつもりもない。

スーもシーも、そして当然クリスも、俺の嘘をあっさりと信じてくれた。

「へぇ、それじゃあクリスもコーマも、どっちもフリマの店長さんと縁があるのか。それは羨ましいよ」

「……パパも絶賛していた。あの店はいい店だって」

シーが小さな声で言った。フリーマーケットが褒められるのは、当然、俺にとって悪い気はしない。経営はノータッチだけれども、メイベルたちの頑張りは俺もよくわかっているからな。

「スーとシーの親父さんって、この町に住んでいるのか？」

「いいや、南のジンバーラって国に住んでいたんだけどね」

ジンバーラ？　最近どこかで聞いた気がするな。

「仕事を私の兄さんに任せて、いまは世界中を放浪しているんだよ」

「へぇ、どんな仕事をしているんだ？」

「国王だよ。ゴルゴ・アー・ジンバーラ。コーマも今朝会っただろ」

「え!?　待て！　いろいろと待て！　あの爺さんがもともと国王ってマジだったのか？　それに、あの爺さん、どう見ても七十歳を超えているだろ。ということは――」

もしかして、スーとシーもかなりの年増なのか？　そんな失礼な想像をしたんだけれど……。

「私が生まれたとき、パパは五十五歳だったね。だから、いまは七十三歳だよ」

どうやら年齢は見た目通りだったようだ。

「あ、といっても私は元王女とか、そういうのじゃないからね。パパって愛人が百人以上いるのに避妊なんてまったくしないから、各地に子供がいてね。私たちもそのうちのひとりってだけさ。王族らしい暮らしもしたことがないしね」

爺さん、ハッスル過ぎるだろ。英雄、色を好むというのは本当だったのか。

「……でも、パパは子供全員を、分け隔てなく愛してくれているから好き」

どうやら、愛人の子供であっても、不自由な暮らしはしてこなかったようだ。

この国の法律がどうなのかは知らないけれど、全員が幸せなら別にいいか。リア充爆発しろ、とは言ってやりたいけれど。

「凄いですね……コーマさん」

クリスもさすがに驚いて呆けたようだ。フォークで刺したサラダの海老を取りこぼしている。

「あぁ、俺も驚いたよ。そりゃ、それだけ女を抱けば干からびもするわな」

「本当に干からびる寸前だったんだけどね。コーマのお陰で復活したって言ってたよ。ありがとうね。これ、パパからのお礼だよ」

そう言って、スーは金貨が十枚ほど入った小袋を渡してきた。

「……金か。もらっても使い道は少ないんだけどな」

金貨十枚って、大金なのは大金なんだけど。でも、本当にお金が必要になったら、メイベルに工面してもらうし、あまり魅力は感じないよな。

「そうかい？　じゃあ、こんなものももらっておいたんだけど」

そう言ってスーが出したのは、鉱石と銀貨だった。

それを見て、俺は目を見開く。

なぜなら、その鉱石は、

**ダマスカス鉱石【素材】　レア：★×六**
**とてつもなく硬い鉱石。**
**とても硬いので、加工も困難。**

という、見たこともない鉱石だった。

そして、銀貨は、

**聖銀貨【雑貨】　レア：★×五**
**ミスリルを八割、銀を二割含む銀貨。**
**王族のみが使うといわれている。**

という、現在は使われていないというミスリル銀貨だったから。

「凄いな、これ。ダマスカスにミスリルか」

「よくわかったね。コーマは鍛冶師だから、こういう変わった金属が好きだろ？」

「そうだな。早速武器とか作ってみたくなったよ」

さすがに聖銀貨は小さくて武器にはできないが——でも、アクセサリーのような小物は作れそうだ。

「ミスリルですか。エルフとドワーフが好む金属ですよね？」

「へぇ、そうなのか」

と頷いてみたけれど、俺が思ったのは、エルフはメイベルしか知らないし、ドワーフとは会ったことがないな、ということくらいだった。そういえば、この町の鍛冶師にドワーフがいるようだけれども、やっぱり背が低くて髭面で酒が好きなのだろうか？

いや、いまはそんなことはどうでもいいか。

問題はこれでなにを作るか、だ。

「やっぱりお金よりもアイテムだな」

俺は喜び、ワクワクと一緒に、もらった素材をアイテムバッグに入れた。

「コーマさん、お金がいらないのなら、私の借金を減額して――」

「この海鮮サラダ、美味しいな」

クリスの妄言を無視して、アイテム図鑑を埋めるため、素材を鑑定しながら俺は言う。

**バナナエビ【食材】　レア：★★**
**川に落ちたバナナを食べて育ったエビ。甘くて美味しい。**
**繁殖力が高く生命力が強いため、養殖向きのエビ。**

この世界にもバナナがあったのか。それは是非とも手に入れたい。バナナジュースも飲みたいし、ルシルのために作るパフェのレパートリーも広がるだろう。

もしかして、バナナエビの生息地を聞けば、自然とバナナの場所もわかる。そう思って俺はウェイターを呼んだ。

「なにかご用でしょうか？」

「質問があるんだけど、このバナナエビって、このあたりで取れるんですか？」

俺がそう尋ねると、ウェイターの男は顔を真っ青にさせ、質問には答えずに店の奥へと走っていった。

教育のなっていない店だ。そう思っていたら、すぐにオーナーが現れ、

「どうかこのエビがバナナエビだということは、黙っていていただけないでしょうか？」

と、小さな声で懇願してきた。

なんでも、料理のメニューには、「バナナエビ」の十倍の値段がする「シヴァエビ」であると表記しているらしい。破壊神シヴァが愛したエビだとか。

偽装表示ということらしい。

結果、料理の代金を無料にすること、二度と偽装表示しないことを条件に、黙っておくことになった。

「でも、なんでウソをつくかねぇ。鑑定スキルがあったら誰でも見抜けるだろ」

そう呟き、シヴァエビで作り直してくれた料理を食べる。

……味の違いなんて全然わからない。どちらも美味しいサラダだ。

「コーマ、普通の鑑定スキルっていうのは、加工後の食品だと、よほどの高レベルじゃないと見極められないよ」

と、スーが説明してくれた。へぇ、そうだったのか。

俺の鑑定スキルって本当に謎だよな。

謎といえば、とスラ太郎のことを思い出した。

「なぁ、ちょっと気になる魔物の噂を聞いたんだけど――」

食事の最中、俺はスラ太郎のことを少しぼかして三人に説明し、そういう魔物を知らないか？と聞いてみた。

「女性型のスライムですか？　聞いたことありませんね」

「私もないよ」

「……ありません」

「そもそも、スライムって性別ないだろ？」

スーの言う通りだ。スライムは本来性別がない。

雌雄同体であり、分裂して増える魔物だといわれている。

やっぱり三人にもわからないか。

すると、クリスが思い出したように、

「スライムじゃありませんけど、似たような精霊の話はありましたよね。水辺に生息する女性の精霊の話が」

と言った。

「あぁ、いたねぇ。アクアリウスだろ？　子供の頃によくママから物語を聞いたものだよ」

スーも知っているということは、かなり有名な話のようだ。

「アクアリウス？　なんだ、それ」

俺が尋ねると、クリスが説明してくれた。

なんでもアクアリウスというのは、有名な民話に登場する精霊らしい。

その精霊の話を簡単に説明するとこうだ。

アクアリウスは水を浄化する力を持つ精霊で、泉に水浴びにきた王子様に恋をして人間になろうとした。だが、水の精霊が人間になろうとしても半透明の人間の姿であり、アクアリウスはそのことを嘆き、涙を流した。そこに王子様が現れた。彼もまた、アクアリウスに気付いていて、彼女に恋をしていたのだ。

「君が人間になろうとしたように、僕も精霊になろう」

と、魔術師から授かった魔法の杖で姿を変えた。

王子様はもともと人間なので、完全な精霊にはなれない。アクアリウスはもともと精霊なので、完全な人間にはなれない。でも、ふたりがそれぞれ姿を変えることで同じ種族になり、ふたりは永遠に結ばれた。

ちなみに、その神話が残っている泉というのが、偶然にもこのレストランの前にある湖だという。

そして、その特徴は確かにスラ太郎と似ていた。

（スラ太郎はアクアリウスなのか）

もしそうなら、それにちなんだ名前を考えないといけないな）

（やっぱり、それにちなんだ名前を考えないといけないな）

そんな伝承が残っている魔物に〝スラ太郎〟はないだろう。

……アクアリウスって、地球だと水瓶座という意味だったよな。確か、アクアリウス。英語読みだとアクエリアスか。

よし、スラ太郎の新しい名前を決めた。

地球にいた頃、犬に「プレイリー」と名付けて「プレイリードッグは齧歯類《ネズミ》でしょ」と親に言われた過去を持つ俺の、ネーミングセンスの集大成がここにある。

命名「カリーヌ」。

うん、何度聞いてもいい名前だ。

最初は「ポカリス」にしようかと思ったんだけど、「ポカリ」って叩かれた擬音みたいだからな。ポを省いて「カリス」にしようとした。確か、カリスってギリシャ神話の女神の名前だった気がする。でも、それだと「クリス」と名前が被る。ということでちょっと名前を変更したところ、可愛い名前になった。「ス」を「ヌ」に変換するなんて、俺にしかできないんじゃないだろうか？　というのは少し言いすぎかもしれないけれど。

それにしても、こんなにいい名前を付けられるんだったら、グーとタラの名前を付けるときも、ルシルじゃなく、俺が名付けてあげたらよかったたな。

なんで最初に思い付いたのがポカリスか、だって？　それは直感だよ、直感。

「ありがとう、いい話を聞かせてもらったよ。だからこの店はカップルが多いんだな」

そりゃ、王子様と精霊が一緒になったという曰くのある湖の前のレストランだ。ご利益を受けようと来る人も多いだろう。

俺がなにげなくそう呟くと、シーが顔を真っ赤にさせて俯いた。

あれ？　どうした？

俺が首を傾げたら、

「ゴホンッ」

とスーがわざとらしい咳をし、

「ところで、コーマ。さっきクリスとも話していたんだけど、来週から一週間、私たちと一緒に仕事をしないかい？」

「え？」

「南の国で警備の仕事と魔物退治の仕事が入ってね。コーマの力を借りたいんだよ」

「力って、俺にそんなものはないよ。クリスに従順な、平凡な従者なんだからな」

俺が当たり前のことを言うと、クリスがジト目でこちらを見てきた。かなり怒っている目だ。

いったい、なにを怒っているんだ？

「いえ、コーマさん、スーさんの力になりましょう」

「はぁ、なんでそうなるんだよ」

「だって、コーマさん、私に従順なんでしょ。あんなことをしておきながら」

あんなこと？　俺、クリスになにかしたか？

心当たりが多すぎて、なにを言っているのかまったくわからない。

「忘れたんですか⁉　蒼の迷宮であんなことをしておいて」

「な、クリス！　お前、まだ怒ってるのか。蒼の迷宮に置き去りにしたことを」

「当たり前です！　結局、泣きながら三十五階層に戻って、メアリさんの案内で地上に帰ることになったんですからっ！」

「そりゃ恥ずかしいな！」

むしろ、よく三十五階層にひとりで戻れたな、と感心した。

ひとりでは生きられない珍しい勇者として、世界的に保護するべきかもしれないな。

「なら決定だね！　コーマは明後日から一週間、私たちと一緒に行動だよ」

「俺に拒否権はないのかよ」

女三人が頷いた。

どうやら俺には拒否権はないようだ。

こうして、俺は一週間限定で、クリスだけではなく、スーとシーを含めた四人で一緒に行動することになった。

これが冒険ファンタジー物語だと、ハーレムだと喜ぶところなんだろうけど。なんだろうな、クリスが一緒っていうだけで、どうせろくでもない旅になるとしか思えない。

「それで、いったいどこに行くんだ？」

「ラビスシティーの南の国、コースフィールドだよ！」


「はぁ、面倒だなぁ」

そう呟きながら、新しく生まれたスライムを撫でた。

スライム――いわずとしれた魔物の一種だ。

ゼリーのような感触の軟体生物。体にひとつの核を持ち、その核を壊されると死んでしまう、最弱の魔物ともいわれる。基本は雑食であり、本当になんでも食べることができる生き物だ。そのため、人々が住めないような火口付近や、極寒の大地での目撃情報まで存在する。

スライムが分裂する条件としては、エネルギーの余剰。つまりは食べすぎたら分裂するという単純な構造だ。

例えば――

「じゃあ、かけるぞ」

魔王城の前。

俺は一匹のスライムにそう言うと、水瓶の中に入っている液体――アルティメットポーションを柄杓で掬《すく》ってかけた。

スライムはぷるぷると震えたと思ったら、爆発するかのように複数のスライムの核を飛ばし、さらにスライムが一気に七匹にまで増えた。

スライムの核（赤色のスーパーボールみたい）を拾い上げて、鑑定する。

**スライムの核【素材】　レア：★**
**スライムの中にひとつある核。これが壊れたらスライムは死ぬ。**
**逆に核さえ無事なら、エネルギーを取り込めばスライムとして生き返る。**

アイテム扱いだけれども、これは卵のようなものらしく、食用にもなる。

迷宮の中に入れておけば、瘴気などを吸収して再びスライムとして生まれるそうだ。

そして、このスライムの核。実は別の使い道もある。

俺はアイテムバッグから水の入っている瓶を取り出し、スライムの核と合わせてアイテムクリエイトを使う。

**アイアンスライム【魔法生物】　レア：★★★**
**鉄の体を持つスライム。高い防御力を持つ。**
**錆びやすいので海水が大の苦手。**

と、なんとアイテムクリエイトでスライムを作ることができた。

ゴーレムとかガーゴイルあたりならアイテムクリエイトで作れるかもしれないな、と思っていた俺だったが、まさかこうしてスライムを作れるとは思ってもいなかった。

ちなみに、アイテムクリエイトで作ったスライムにも心のようなものもあるし、普通に食事もするけれど、あくまでアイテム扱いのため、生命の基本である子孫を残す力がないというデメリットと、アイテムバッグに入れることができるというメリットがある。

ほかにも、スライムを作ってみる。

宝箱の空箱と、スライムの核で、

**ミミックスライム【魔法生物】　レア：★★★**
**宝箱に擬態しているスライム。宝箱を開けると襲ってくる。メダル収集が好きで、よく小さいメダルを集めて取り込む。**

こんなスライムが生まれる。

ミミックスライムは収集家なのか。こいつとはいい友達になれそうだ。

説明文を読んでいるとなんか悪寒がしたが……気のせいだよな。

とりあえず、ポケットから銅貨を投げてみると、喜んで箱の中に入れていた。可愛い奴だ。

……銅貨を消化吸収しなければ、貯金箱代わりに使えるのにな。

ほかにも、ただの石と合成すると、

**ストーンスライム【魔法生物】　レア：★★**
**岩肌のスライム。転がる攻撃で冒険者にダメージを与える。**
**最近、肌の乾燥が気になっている。**

乾燥肌というか、岩肌だからなぁ。

それにしても、魔物がアイテム……玩具の兵隊みたいな感じか。

ちなみに、スライムの核だけでもアイテムクリエイトが可能で、鑑定したら、

**スライム【魔法生物】　レア：★**
**普通のスライムと変わりのないスライム。**
**ただし、生殖能力を持たない。**

と表示された。アイテム図鑑を埋める目的でスライムを作り続けた結果、現在二百階層はスライム動物園状態だ。

広大な土地があれば、本当に開園することも可能じゃないだろうか？

生まれたばかりのスライムを撫でながら、俺は本当にそんなことを思った。

日本でもクラゲの水族館が大人気になったそうだし、絶対に需要はあると思う。

「全員感謝していますね。指輪を通じて気持ちが伝わってきます」

そう言ったのは、マユ。蒼の迷宮の、人魚の魔王だ。

白い髪と美しい顔立ちの少女なのだが……いまはなんというか、少し情けない。

彼女は人魚のためか、水の中でしか言葉を発することができないらしい。そのため――

「おかしいですか？」

「正直、かなりおかしい」

顔にウォータースライムを被っていた。まるで宇宙服のヘルメットを被っているみたいだ。

**ウォータースライム【魔法生物】　レア：★**
**水気の多いスライム。中に魚を住まわせることもできる。**
**自分の体の中で魚を養殖し、死んだ魚だけを食べていく。**

ちなみに、このウォータースライム、実は地上でもそれなりに出回っていて、手や足に着けると老廃物を食べてくれるスライムとして、一部の金持ちの間で人気なのだとか。中にいる魚がドクターフィッシュみたいなのかもしれない。

水の中でしか喋れないマユも、ウォータースライムを被って喋っていると、お肌も綺麗になって一石二鳥らしいのだが――やはり見た目はギャグキャラだ。

「コーマ、またスライムなんて作っているの？　そんなの作る暇があったら、チョコレートパフェを作ってよ」

「嫌だよ、面倒だし。それに、スライムといっても案外バカにできないんだぞ。ほら、これを見てみろ」

俺は翼が生えてふわふわと浮かぶ、光り輝くスライムを捕まえて言った。

アルティメットポーションと組み合わせて作ったスライムだ。

**大天使《アークエンジェル》スライム【魔法生物】　レア：★×八**
**周囲にいる者に癒やしの効果を分け与えるスライム。**
**〝病院いらず〟の異名を持ち、すべての医者の天敵ともいえる。**

その効果は凄まじく、切り傷の治療どころか、切り落とされた腕が数分から数十分で完治するくらいだ。

さすがはアルティメットポーションで作ったスライムだな。

しかも、この大天使《アークエンジェル》スライムをスライムに使えば、さっきアルティメットポーションを使ったときみたいに、通常のスライムの分裂を促進させる効果まである。

「スライムがネズミ算式に増えていくんだぞ。しかもスライムって、数が増えすぎたら融合して強くなる性質を持っているんだ。分裂、融合を繰り返したら、最強のスライム軍団ができるんじゃないか？」

「スライム軍団なんてできても、侵入者もまったくいないし、それよりチョコレートパフェよ、チョコレートパフェ」

ルシルはやっぱりルシルだった。というより、だんだんと退行していないか？　いまの姿になった当初は、もう少ししっかりとしていた気がする。

「ルシル、そんなことばかり言っていると、魔王軍元帥の座をカリーヌに取られるぞ」

「お兄ちゃん！　皆とってもいい子だよ！」

遠くで、青色の服を着た半透明の少女——カリーヌが手を振ってはしゃいでいる。

スライムたちは全員、カリーヌのことを姉として慕っている。

現在、魔王軍の末端は大きく分けて三つの勢力がある。

カリーヌ率いるスライムたち、ルシルが召喚したミノタウロス&ゴブリン、そしてマユが蒼の迷宮から連れてきて、ルシル迷宮に新たに作った海水の水路やため池の中に生息している魚たち。

逆にいえば、それだけしかいない。十一階層から二百階層まで、計百九十もの階があるにもかかわらずだ。

（やっぱり、ゴーレムくらいは作らないといけないよな）

一度、ゴーレムが出現する迷宮に潜って、その生態でも調べるか。もしかしたら、ゴーレムの核のような素材が存在するかもしれない。

あぁ、でも明後日からはコースフィールドに向けて出発するから、ゴーレム探しは帰ってからになるな。

「そうだ、ルシル。俺、明後日から南のコースフィールドに行くからな。持ち運び転移陣を使ってたまには帰ってくると思うけど」

「コースフィールド？　あぁ、あそこね」

「知っているのか？」

「勿論よ。歴史はラビスシティーよりも長いし、お父様からも話を聞いたことがあるわ」

コースフィールドは、国土の八割が草原という国らしい。

その草原の中に点々と町が存在していて、それぞれの町が自治権を持っている。国と名乗ってはいるが、都市同盟としての意味合いが強く、国全体の行政は全町長の合意のもとで執行される。

「ねぇ、コーマ。暇があったら私も呼んでよ。持ち運び転移陣を持っていくんでしょ？」

「行ってみたい場所があるのか？」

「コースフィールドは町ごとにいろいろな文化があるから、観光地もたくさんあるのよ」

へぇ、そうなのか。

んー、まぁ、ルシルは見た目、どこからどう見ても人間の女の子だし、心配はないか。

「でも、ルシル。お前、クリスに見られないようにしろよ。あいつとは面識があるんだからな」

「わかってるわよ。そんなへまはしないわ」

自信満々にルシルは言った。その自信が俺にとっては不安なんだけどな。

とりあえず、コメットちゃんとタラも誘おう。コメットちゃんとクリスが鉢合わせにならないように気を付けないといけないけれど、そのあたりはなんとかするとして。

カリーヌは生まれたばかりで困ることもあるだろうから、マユに世話を頼んでおこう。

「……あぁ、いちおうメイベルたちにも報告しておかないといけないよな」

書類上、俺はあの店のオーナーなんだから。

でも、オーナーである俺が、こうも軽々しく町の外に出ると、仕事が滞ったりするよな。基本、メイベルがほとんどの仕事をしてくれるんだけれども、オーナーがしないといけない業務もある。

そろそろ考えていたあれを実行しないといけないな。


その日のフリーマーケット、閉店直後。まだ従業員が在庫商品の整理をしている間に、俺は店の裏の従業員寮一階にメイベルを呼び出した。太陽が沈んだあとに、通信イヤリングひとつで嫁入り前の女の子を軽々しく呼び出すのはいかがなものかと思われるかもしれないが、これも仕事なので、世間一般の良識人の皆には勘弁してもらおう。

「一週間のお出かけですか……あ、すみません、コーマ様、お茶を淹れていただいて」

「そこは気にするな。最近ハッカ茶にはまっててな」

この町にも、茶葉は存在する。結構日本のお茶に近く、さらには紅茶まである。けれども値段が高く、気軽に飲めるものではない。

そのため町のカフェでは、普通のお茶のほかに、比較的安価なハーブティーも多くの種類が置かれている。コーヒー豆が存在しないので、カフェなのにコーヒーはないのだが。

そこで俺が出会ったのが、ハッカ茶だった。ペパーミントのハーブで淹れられたお茶は、すっとして気持ちがいい。幼かった頃、ドロップ飴の缶からハッカ飴が出てきたときはそっと戻したものだったけれど、高校生になって味覚が変わったのかもしれないな。魔王になって変わった可能性もある。

「本当に美味しいですね」

「だろ？　先週、蒼の迷宮から帰ったあと、カフェで紅茶用のサイフォンを使っているのを見てな」

「カフェでサイフォンをお買いになったんですか？」

「プロが使っている本格的なものが欲しかったんだけど、ひとつしかないから売れないって言われてな。仕方なく、結局自分で作ったんだ」

「コーマ様自らお作りになったんですか⁉」

「そのサイフォンに問題がないか、プロに意見を求めにカフェに行ったら、自分が使っているものよりも出来がいいから譲ってくれと言われて、結局三つほど売ってきた」

「……どれだけ高性能のサイフォンをお作りになったんですか」

ひとつ銀貨二十枚で売れた。知り合いのカフェの店長の分まで頼まれたけれど、さすがにそれは断った。

今度、フリーマーケットに置いて販売してもらおうかと、メイベルと販売計画を練ったあと、俺は話を本題に戻した。

「あぁ、メイベル。これをお前に渡しておくな」

俺は一本の鍵をメイベルに渡した。

「……鍵ですか？」

「あぁ、隷属の首輪を外す鍵だよ」

隷属の首輪は奴隷の証でもあり、それを着けている者は、主人の命令に服従しないといけない。

奴隷商のセバシの店に行って、クルトの首輪を外す手続きをするときに、ついでにもらっておいた。クルトは蒼の迷宮の人々を救った功績のお陰で冒険者ギルドから恩赦が与えられ、主人である俺が許可を出して、奴隷から解放されることとなった。

「隷属の首輪の鍵……新しい奴隷を買われたのですか？」

「いや、メイベルの首輪の鍵だ」

「私の？」

メイベルにしては察しが悪く、俺の真意にまったく気付いていないようだ。

「メイベルを奴隷から解放するってことだよ。お前には十分助けてもらったからな。俺からの恩返しだ」

「え？　あの……コーマ様……」

「ついでに、メイベルにはこの店のオーナーも引き継いでもらいたい。メイベルもそれでいいだろ？ここ、もともと親父さんの店だったんだし」

「あ、あの。でも急にそんなことを言われても」

「別にいますぐじゃなくてもいいよ。書類の手続きとかもあるから、暇なときで。勿論、お前がオーナーになっても、いままで通り俺が作った武器は卸してやるから安心しなって。俺が困ったときには手伝ってもらいたいしな」

もともと、この店を買い取った理由は、倉庫として使うためだった。でも、アイテムバッグがあるいまとなっては必要ない。貴重なアイテムを取り置きしてもらうのには、オーナーである必要はないしな。

「いまのままがいいって言うのなら別にいいけれど、奴隷のままオーナーっていうのも変な感じだろ？」

「あ、あの、私がオーナーになるのは確定なんですか⁉」

「うん、店の貯金とか好きにしていいから」

お金が必要なときは、作ったアイテムを売ればいくらでも儲けられるからな。

店の貯金がいくらあるかは知らないけれど、教会の孤児院への継続支援や、ほかの従業員の今後の生活なども考えると、ある程度のお金は必要だろう。

「あ、でも奴隷じゃなくなっても、頼むから俺が元オーナーだっていうのは内緒な。武器を作っているのが俺だっていうのも、基本はオフレコで頼むよ」

俺は笑いながら、メイベルの空になったカップにハッカ茶を注いでやった。

メイベルが放心状態だったのが少し気になったが、

「あ、勇者のお兄ちゃんなのっ！」

アンちゃんが俺に駆け寄ってきて、膝のあたりに抱きついた。

「師匠、いらっしゃってたんですか？」

クルトも俺を見て柔和な笑みを浮かべる。

俺の奴隷だったときは、自分のことを責め続けていたクルトも、最近はこのように自然な笑みを浮かべるようになった。妹のアンちゃんと一緒にいることで心が和むという理由もあるだろうが、クルトが作った薬が多くの人を救っているという事実が、彼の罪悪感を軽減させているのだろう。

「アンちゃん。元気にしてたか。クルトも元気そうだな」

彼女の頭を撫でながら、クルトにはちょっとだけ厳しい目を向ける。

「二階より上には入っていないだろうな？　俺も立ち入り禁止の聖域だぞ」

「はい、勿論です。この店のオーナーも自らの立ち入りを禁止しているそうですから、僕が入るわけにはいきません」

「そうか、ならいいんだ。アンちゃんはしっかりと、お姉ちゃんたちにお風呂に入れてもらうんだぞ」

「勇者のお兄ちゃんと一緒に入りたいの」

「そうかそうか、アンちゃんはいい子だな。でも、そういうセリフは大きな男の人に言ったらダメだぞ。一部大きなお友達が勘違いするかもしれないからな」

俺は優しくアンちゃんの頭を撫でる。

「ところで、メイベル店長の様子がおかしいんですが、どうかなさったんですか?」

「……んー、メイベルにしては珍しく、頭がオーバーヒートしているみたいだな……しばらくそっとしておいてやれ」

いきなり店のオーナーという面倒な役職を押し付けられ——じゃなくて、任命されたら、戸惑いもするだろう。

俺はそう言うと、アイテムバッグから作り置きしている料理をいくつか出して、皆で食べるようにとクルトに渡しておいた。


薄暗い宮殿の中。

多くの魔物の群れ、そして四天王を名乗る強敵を前に、僕の仲間はひとり、またひとりと倒れていった。

残ったのは僕ひとり。

それでも、僕は歩みを止めることはできなかった。

彼らのためにも、僕は世界を平和に導かないといけない。

「…………コフィー……君からもらった若草のペンダントのお陰で、僕はこうして生きていられる」

かつて村のために己を犠牲にした、うら若きエルフの姿を思い出した。

彼女も雲の上から見ているだろう。真の平和が訪れる瞬間を。

だから、僕は走り出した。

そして、とうとう宮殿の玉座の間に到達した。

そんな僕を出迎えたのは、禍々しいオーラを放つ長身の男。

暗黒皇帝ギルフォーン。

すべての禍《わざわい》の元凶。

もともと勇者だったが、闇に堕ちた男。

僕の名を呼んだギルフォーンは口元を緩め、

「よくぞ来たな、勇者コーラ・マグナム！」

「いや、我が息子よ」

「うるさい、お前のことを親父だなんて思ったことはない！　覚悟しろ、ギルフォーン」

僕は手を背に回し、背負っていた鞘から聖なる弓矢「ヒノキノボウ」を取り出す。

魔王が覆っている闇のカーテンを打ち砕くには、この聖なる弓矢「ヒノキノボウ」の力がなくてはいけない。

「覚悟するのは貴様のほうだ！」

そう言ってギルフォーンもまた、己を闇に染めた呪いの剣「ゼンマゼドリンクバー」を取り出した。

相手も本気だ。

でも、ここで負けるわけにはいかない！

死んだ仲間のために！　コフィーのために！　そして、この世界に住むすべての人のために！

勝負だ！　ギルフォーン！

これから、僕とギルフォーンとの最後の勝負が始まる。

でも、必ず勝ってみせる！

すべては、報奨金のために！


「ふははは、やるな、コーラよ！」

「お前もな、ギルフォーン！　次は聖剣ドウカサンジュウマイポッキリガールズバーの威力、とくと受けてみろ！」

ゴボウで切り合いを繰り広げるふたりを、私たちは見ていました。

切り合いといっても、とてもゆっくりしたもので迫力はありません。

それでも凄いと思う。毒が回って、本来なら歩くことさえできないはずなのに。

ちなみに、ふたりの周りでは、多くの人がピクピクして動かないでいます。毒が全身に回ったのでしょう。

「メイベルお姉ちゃん、おはようなの」

「おはよう、アンちゃん」

アンちゃんは眠そうな目をこすりながらも、それでもこのお芝居を見ていたみたいです。

私に気付いて挨拶をしてくれましたが、すぐに視線をふたりの役者（?）に戻します。

「凄かったですよ。もう二時間くらい続いていて、いよいよクライマックスという感じです」

クルトくんが言う。どうやら朝の六時から、この茶番は繰り広げられていたらしい。

「特によかったのが、コフィーさんが村を襲ってくる魔物の前に出て、己の身を犠牲にして光の柱……あ、ここは言葉でのみの演出なんですけどね」

「可哀想だったの」

ちなみに、コフィー役を演じていたのは、部屋の隅で泡を吹いて倒れている小太りの男らしいです。いったい、この男の人がどんな顔で可愛らしい名前の女の子を演じたのか、興味は……ありませんね。

「でも、レメリカさんが来たら終わりよ。あと、クルトくん、全員ちゃんと縄で縛って、解毒ポーションは飲ませてね」

私は苦笑しながら言いました。

「全員、空き巣の犯人なんだから」

空き巣の犯人は、どういうわけか朝方に急に現れ、まるで同じ幻覚でも見ているかのようにおかしな行動をします。そして、一定の時間が経過すると、なぜか料理の名前を呼んで苦しみ出してしまいます。そうなったら、解毒ポーションを飲ませて治療するしかありません。

コーマ様から、倉庫の鍵を開けておくようにという命令があった次の日から、毎朝のようにこんなことが続いています。彼らは本当に、自分が暗黒皇帝やそれと戦う勇者といった架空の人物だと思い込んでいるようなのです。

勿論その症状も、解毒ポーションを飲めば治ります。

最初は驚いたものですけれども、いまはこのように日常の一ページになって、たまに従業員もお芝居として楽しんで見ています。

また、毒（?）のせいでとても弱っているので、力もほとんどありません。

私が部屋を出ると、ギルフォーン役の人の悲鳴が聞こえてきました。

どうやら、世界は平和になったようです。

ラビスシティーの雑貨店フリーマーケット。この店の朝は早いのです。

空き巣犯が多いからです。

一時期減ってきた空き巣犯でしたが、また変な噂が広がっていました。

フリーマーケットに空き巣に入ると、レアアイテムがある迷宮に転移する。迷宮の中には魔物もいるが、それ以上に対価がある。魔物にやられても死ぬことはない。

それだけ聞いたら根も葉もない噂なんですけれど、空き巣犯は本当に店の品ではないレアアイテムを持って帰ってきています。

意識がまだしっかりしていた人は、そのアイテムを自分のものにしました。

勿論、店の商品ではないので、それは問題ないのですが、一攫千金に成功したという事実ができて、空き巣が増えました。でも、大半の空き巣はさっきの人たちみたいに奇行に走り、手に入れたアイテムに関しても所有権を放棄しています。

さらに、改心して真面目に働くようになるというから困ります。本来は困ることではないのですけれど、いまやラビスシティーでは、「フリーマーケットに空き巣に入ったことがある」というのは一種のステータスになっているそうで、信頼できる人の指標になりつつあります。

【スラム出身というだけで働けなかった僕が就職できたのは、すべてフリーマーケットの皆様のお陰です。ありがとうございます】

と、お礼状が来たときはさすがに眩暈《めまい》がしました。

ポーションの消費期限のチェックをしていると、空き巣犯を引き取りにギルド員のレメリカさんが来ました。

「おはようございます。いつもありがとうございます、レメリカさん」

「いえ。フリーマーケットさんのお陰で、フリーマーケット以外の空き巣発生率が大幅に下がっています。近々ギルドから感謝状が出ると思いますよ」

「……ははは」

私が苦笑いしているなか、レメリカさんは空き巣たちを連行していきました。

そして、ひとりになった私は小さく息を漏らします。

コーマ様にオーナーになるように言われて、かれこれ数日が経過しました。

しかしいまだに、自分が店のオーナーになっていいのか？　という疑問が消えることはありません。店の資産価値の問題だけではありません。いえ、私が本当に悩んでいるのは、お店のことですらないのです。

私が悩んでいるのは、コーマ様との関係性です。

コーマ様が毎日のようにこの店に訪れるのは、コーマ様がこの店のオーナーであり、私たちのご主人様だからです。

もしも私が店を譲り受けたら、コーマ様がこの店に来る理由もなくなってしまいますし、それにコーマ様と私の関係がなくなってしまう。そんな気がしてしまいました。

「………あ」

消費期限が切れそうなポーションを棚に戻しそうになった自分に気付き、私は自分の頬を叩きました。こんなんじゃダメです。もっとしっかりしないと。

アンちゃんはよっぽど無理をしていたんでしょうね、お芝居が終わると同時にうとうととしてしまい、現在は部屋で寝ているそうです。

空き巣も増えてきたことだし、アンちゃんとクルトくんも寮に移ってもらいましょうか。

さすがに倉庫の一室にずっと寝させておくわけにはいかないですから。

寮の二階より上は男性の立ち入りは禁止されていますけれど、コーマ様に特例をいただいて……あ、でも私がオーナーになるのなら、これも私の一存でなんとでもなるのでしょうか？

「メイベルさん、ポーション二十本と睡眠代替薬三本、あと、解毒ポーション二本、マナポーション一本です」

「え？　もうできたの？　……もしかして、クルトくん」

「えっと、はい。睡眠代替薬を自分用に作って服用しました」

申し訳なさそうにクルトくんは言った。コーマ様はこうなることを少しは予想してくれたらいいのに。

真面目なクルトくんは睡眠時間を削ってまで調合をしている。マナポーションまで自作しているので、ＭＰが切れることもなくなり、本当に休む暇がない状態だ。さらに文字の勉強をアンちゃんと一緒にしているから、本当に寝る暇もないだろう。

私たちより割高のお給金をもらっているのに、最低限の生活費のほかは、アンちゃんのための学資貯金と、研究用の材料購入に使っているし。

「あ、でも今日はアンと一緒に朝のお芝居を見て休みましたから、まだまだ働けますよ」

「あのね、クルトくんひとりですでに金貨二枚分の純利益を稼いでいるのよ……店に来てまだ一カ月なのに。どう考えても働きすぎよ」

「で、でも、師匠の昨日の売り上げが金貨四十枚なんですよね」

「あの人と比べたらいけません」

コーマ様と比べたら、この世界のすべての鍛冶職人が首を吊らないといけなくなります。

そもそも、なんで白金鉱石を仕入れた次の日にプラチナスピアが完成しているのか？　とか疑問に思うことがあるくらいですし。

あと、変わった武器が多すぎます。
コーマ様が作った武器とその説明文を思い出し、私は嘆息を漏らしました。

猫蛇羅死【剣】　レア：★★★
　猫じゃらしのようによく曲がる剣。
獣と、獣系の魔物に対して特効能力がある。

釘バット【棒】　レア：★★
　釘を打ちつけたバット。
殴られると痛い。見た目が凶暴。

ダマスカスソード【剣】　レア：★×七
とても硬い金属のダマスカス鋼から作られた剣。
すべてを切り裂くといわれている。

金の斧【斧】　レア：★★★
　金色に輝く斧。威力はない。
あなたが落としたのは、この斧ではありません。

**銀の斧【斧】　レア：★★**
**銀色に輝く斧。軽い破邪の力を持つ。**
**あなたが落としたのは、この斧ではありません。**

本当に無茶苦茶です。釘バットのような「本当になにこれ？」という武器もあれば、猫蛇羅死のように使い方を選ぶ武器もあり、金の斧、銀の斧のような成金趣味の武器もあります。

そして、本当に英雄しか持つことがないといわれる伝説級の剣もあります。

「あぁ、ダマスカス鉱石をもらったから作ったんだ。材料費は無料だぞ。ラッキーだよな」

とコーマ様は語っていましたけれど、ダマスカス鋼を加工できる人間なんて聞いたことがありません。いるとしたら、神匠と呼ばれる鍛冶師のドワーフくらいではないでしょうか？

そんな人でも、特別な炉と長い時間が必要なはずです。

素材があるからといって、簡単に作れるものではないはずです。

ダマスカスソードはすでに、他国の将軍から金貨二千枚で買いたいと声がかかっていました。

剣一本の値段としては破格どころではない、それこそ大きな屋敷をダース単位で買えるような金額ですが、あの剣の値段としては妥当だと思います。

それほどまでに恐ろしい武器なのです。

でも結果、ダマスカスソードはラビスシティーのギルドマスターのユーリ様が、金貨千二百枚で買うことになりました。

金貨八百枚分儲けは減りましたが、その代わりに、貴重な素材を多く譲っていただきました。

コーマ様にそのことを話したら、「おぉ、アレキサンドライトじゃないか！」と喜んで、「え？ 代金？　あぁ、任せた」と去っていきました。

本当にお金には興味がない人です。

「クルトくん、お金は大事なのよ」

「えっと、はい。それはわかっています」

「そうよね。クルトくんはわかっているわよね」

でも、私はこうでも言わないと、私自身がおかしくなります。

だって、金貨八百枚分減っても、ギルドと橋渡しができるのなら、まぁいいか、って思っちゃったんだし。

はぁ……私、コーマ様の奴隷で幸せなのか、それとも幸せすぎるのか……そんなことしか考えていませんでした。

コーマ様の奴隷じゃなくなるなんて……そんなこと。

そして、店はあと一時間で開店時間を迎えます。

ラビスシティーの中心にある雑貨店、フリーマーケット。

従業員全員が揃い、毎朝行っている開店準備の最終チェックも終わりました。

開店は教会の十時の鐘が合図です。コーマ様が用意してくださり、店の壁にかけられた時計の秒針が十二のところに行った二秒後に鐘の音が届きます。

同じ時計を教会にも卸しているはずなのに、二秒の誤差がある。コーマ様が言うには、音の伝達速度による差らしいです。そもそも、音に速度があるなんて知りませんでした。

なにはともあれ、正確に鐘の鳴る時間がわかるため、開店時間残り十秒になったところで、リーが入口の鍵を開けました。

店の外には、今日もすでに行列ができていました。

そして――

「フリーマーケット、開店いたします。ようこそいらっしゃいました」

『いらっしゃいませ、フリーマーケットへ』

リーの合図を皮切りに、私、ファンシー、シュシュ、レモネの四人も、挨拶とともにお客様をお迎えします。

お客様は冒険者ばかりで、挨拶に見向きもせずに求めるものの物色を始めました。

私はすぐに会計所へと向かいます。

だいたいはポーションなどの薬。あと、短剣などの投擲アイテム。非常食や乾パン。

彼らは、勇者ではない冒険者で、おそらくこれから迷宮の一階層から九階層へと向かうのでしょう。

商品を買うと、すぐに店を出ていきました。

低級の魔物しかいない地下迷宮一階層から九階層ですが、迷宮の外の魔物と違い、倒すと魔石を落とします。

そのため、低級の魔物を倒して魔石を集めるだけでも、十分に生活はできます。

通称、迷宮低階層冒険者と呼ばれる彼らは、この店の約三割を占めるお客様です。

なぜ、彼らは朝一番に商品を買いにくるのでしょうか？

冒険者以外はあまり知らないことですが、地下迷宮の一階層から九階層には、低級の魔物が約四百二十種います。

そして、それぞれ落とすアイテムが異なり、冒険者ギルドは一般の冒険者に対して、そのアイテムの採取依頼を出しています。

採取依頼が更新されるのは朝の九時であり、その依頼を受けた冒険者が、その仕事のための装備を整えるために店に並びます。

そのため、朝の十時から三十分間は冒険者タイムと呼ばれ、冒険者以外のお客様はあまり来ないうえ、私たち従業員からしたら、毎日この時間は戦争状態です。

そして――十時三十分になると、少し落ち着きを取り戻し、

「ねぇねぇ、本当だってファンシーちゃん。美味しいパン屋なんだって。今度一緒に行こうよ」

と、まあ、こういうお客様も出てきます。

「ジョーカーさん、またそんなこと言って。前に紹介してくれた雑貨屋さん、三日前に閉店したんですよ」

ファンシーは、笑いながら商品の整理をしますが、

「いやいや、今度は本当だって。今度持ってくるからさ、食べてみてよ」

そう言って、今日はなかなか引き下がろうとしません。

ジョーカーさんはギルド職員で、十階層の見張りをしている男の人です。

よくお店には来てくれるんですが……正直あまり買い物をしてくれない人です。むしろ、こうしていつもファンシーにちょっかいをかけています。

こういうときはたいていレメリカさんが訪れて、脳天に鉄拳を喰らわせるのですが……。

「いい加減にしなよ。ほかの客だっているんだから、ナンパは営業時間終了後にしな」

そう言ったのは、今年勇者になられたスー様でした。よくお店にも買い物にいらっしゃるお客様です。

「……ん？　おぉっ！　今期勇者三大美人のひとり、スーさんじゃないですか！　俺、大ファンなんですよ、握手してもらっても――」

「このグローブ越しにならいいよ」

そう言って、スー様はオーナーコレクションの陳列棚の横にある、オーナー失敗コレクションの中から、

両面トゲトゲグローブ【拳】 レア：★★
硬い棘が付いたグローブ。殴られるとイタイ。
どういうわけか、手のひらに当たる部分にも棘が付いている。

を取り出して手にはめました。

ジョーカーさんは顔を青くして、

「あ、用事を思い出した。じゃ、じゃあね、ファンシーちゃん」

と言って、逃げるように出ていきます。

「今度はちゃんと買い物していってくださいね」

ファンシーは笑顔でジョーカーさんを見送りました。

そんな風だから、ジョーカーさんはまた店に来るのだろうけれど、これが彼女の持ち味だから仕方がないと思います。

本当に彼女目当てで来る客も多く、またそういうお客様は「躾けられているため」、忙しい時間を避けて来店する人がほとんどらしいです。

「悪いことしたかい？」

スー様が、両面トゲトゲグローブを外して元の場所に戻しながらそう尋ねました。

「いいえ、ありがとうございます。スー様、今日はなにかお探しでしょうか？」

「あぁ、ちょっと捜している人がいてね。でもこの店にもいないようだから、あ、これを買っていくよ。はい、代金」

スー様は笑うと、香水を二本買ってくださりました。

「珍しいですね、スー様が香水を購入なさるなんて」

失礼とは知りながらも、私はそう尋ねました。スー様もシー様も、いつもこの店をご利用くださる常連様です。スー様は距離を置かれる接客が嫌いな方なので、私も少し気軽に接しています。

「ははは、そうだろ？　ちょっと私もシーも落としたい男の人がいてね」

「へぇ、どういう方なんですか？」

「強い男だよ。命を救われたんだ。だから、今度、体でお礼をしようと思っているんだけど、結構身持ちは固い男だからね。ちょっと細工しようと思ったのさ」

スー様はそう言うと、香水を持って帰ります。

ひとり残された私は、

「体で払う……ですか」

と、ぽつりと呟きました。

私とコーマ様が初めて出会った、その日。

私を奴隷として買うことのメリットを聞かれ、

『体を差し出すことも可能です』

と私は言いました。あのときは、この店で働けるのなら、本気でこの身を差し出してもいいと思っていました。それがどんなに愚かなことであるかも知っていながら。

そもそも、奴隷として買われる時点で、私の体は主人のものになることくらい知っていたのに。

でも、

『そういうのは間に合ってます』

これがコーマ様からの返答でした。このときの私は、女としての魅力が足りないのかとも思ったり、店で雇ってもらえないかもしれないという不安を持ったりもしたのですが、それ以上に安堵がありました。

やっぱり怖かったのです。

誰かの奴隷になるのが、誰かの言いなりになるのが、誰かに体をすべて捧げるのが。

だから、コーマ様の奴隷となって、なのに奴隷らしい扱いがまったくされなくて、とても嬉しかった。一緒に勉強したファンシーとリー、そしてコメットと一緒に働くことができたのも嬉しかった。

全員で楽しく、本当に自由に、まるで奴隷じゃないみたいに過ごしている時間が嬉しかった。

でも、いまはどうなのでしょう?

私は……私はコーマ様の奴隷を辞めたいのでしょうか?

辞めて、どうしたいのでしょうか?

きっと、コーマ様の奴隷でなくなったとしても、コーマ様はいままで通り、私に接してくれるでしょう。

いままで通り、奴隷としてでなくひとりの人間として接してくれるでしょう。

そして、私はなにをしたいの？

このとき脳裏をよぎったのは、エルフの女王とエルフの騎士団長との結婚式の光景でした。

幼いとき、父に連れられてエルフの森に向かったときに見た、エルフの女王がエルフの騎士団長からミスリルの指輪を着けてもらう光景が。

エルフの秘宝――ミスリルの指輪。その指輪を自分の指へと、愛する人から嵌めてもらうことが、エルフの女性にとって永遠の夢です。


でも……なんであの思い出が今頃？

もしかして……私、コーマ様と……したいの？


頭の中で結論が出そうになったとき、スー様が店に戻ってきて、申し訳なさそうに言った。

「メイベル。ちょっと悪いんだけどさ、厄介な客が来るんで、そっちの相手してもらっていいかなぁ」

「はい、お客様でしたら歓迎いたします」

そう言った直後、店の入口から、スー様の妹のシー様とともに、老紳士と思われる立ち振る舞いの人が現れました。

「ワシはジンバーラ国の元国王、ゴルゴ・アー・ジンバーラである！」

……え？

「ヤッホー、アーちゃんだよぉ！」

……え？

老紳士が、自分のことを「アーちゃん」と呼称し直しました。

さっき自分のことを、ジンバーラ国の元国王だと言い切った男の人が、です。そうなると、尊厳もなにもあったものじゃないのですが。

でも、それが嘘でないのはわかります。

だって、胸のペンダント、マント、靴、そして服装、どれも高価な品です。

彼の来ている服一着で、節約したら私なら十年は暮らせるくらいです。

でも、どうして元とはいえ国王様が？

「ようこそいらっしゃいました。なにかお探しの品がありますでしょうか？」

私はできる限り平静を装います。

父が店を構えてすぐに、当時のエルフ国の大臣が訪れたときも、父はこんな気持ちだったのでしょうか。

私は緊張して声も出せなかったのに、父はいつも通り接客をしていました。

きっと、父も同じだったのでしょう。

緊張してどうしたらいいかわからないからこそ、いつも通り。

培ってきた商売人としての時間はウソをつかないから。

「うむ、以前、ここにあるという超精力剤をいただいて、できればもう一本いただきたいのじゃが」

超精力剤……また厄介な品が。

あれは効果がありすぎて、販売禁止にした品です。

「通常の精力剤でしたら、三本の在庫がございます。ですが、超精力剤は、当店では現在扱っておりません。もしよろしければ、仕入れができ次第お知らせいたします」

「ふむ……どのくらいの時間で入荷できる？」

「少々お待ちください。仕入れ担当の者に聞いてまいります」

私は倉庫に移動し、通信イヤリングを握り――

そして、思い直します。

コーマ様は私がオーナーになるように言っています。なのに、当然のようにコーマ様に頼ろうとするのは、私の悪いところです。

すぐに倉庫の奥にあるクルトくんの工房へと移動しました。

クルトくんが、中でポーションを調合していました。

アンちゃんはお布団で寝ています。絵本を読んでいる途中だったのでしょう、ページが開きっぱなしになっています。

「クルトくん。超精力剤って薬、作れるかしら？」

「通常の精力剤じゃなくてですか？」

「ええ。前にコーマ様が作ったものなんだけど」

「師匠が……あの、超精力剤って、どんな字を書くんですか？」

あぁ、そうか。クルトくんは文字が読めないから、コーマ様からレシピを見せてもらっても、自分がなにを作れるかわかっていないんだ。それでも最近は、ちょっとずつ文字が読めるようになってきたんだけど。

私は筆と紙の切れ端を使い、その字を書いてみます。

「この字、見たことあります。えっと……はい。作れると思います」

「……どのくらい時間がかかりそう？」

「材料に精力剤が二本、あとイモリの黒焼きがあれば二時間ほど」

「うっ、そんなの使うの？」

「イモリの黒焼きは古来、精力剤としてではなく、惚れ薬としても使われていますから」

知らなかった。でも、イモリの黒焼きなら、確か――

私は倉庫に戻り、スタッフのレモネに声をかけました。

「レモネちゃん、お願いがあるの。リュークさんの店に行って、イモリの黒焼きを買ってきて」

「イモリの黒焼き？　もしかして、今日の晩ご飯ですか？」

「そんなわけないでしょ。薬の材料よ。もしもイモリの黒焼きがないようなら、ギルドに依頼を出して、イモリを捕まえてきてもらって。報酬は銅貨三十枚でいいから」

銅貨三十枚。イモリ一匹としては破格の値段です。

イモリは水場でよく見かけるので、依頼を出したら三十分以内には届くでしょう。

「わかりました。すぐに行ってきます」

レモネはそう言うと、裏口から出ていきました。

そして、私は店に戻り、精力剤二本を確保。

「お客様、当店の薬師にいまから作らせます。明日までにはご用意させていただきます」

「明日までか。よし、では今夜は精力剤を一本もらおうかの」

「かしこまりました」

私は残りの一本の精力剤を、お客様にお渡ししました。

これが、おそらく私がオーナーになる前の最後の大きな仕事になるんでしょうね。

でも、この分だと問題なく終わりそうです。

「では、この精力剤で、今夜は酒場のハニーちゃんとラブラブしてくるかの」

「パパ、娘の前で私のママ以外の女性の名前を言うのはやめてよ」

そんなことを言いながら、元国王のアー様たち三人が去っていきました。


……パパ？


だが——三時間後、問題が起きました。

クルトくんが青ざめた顔をしてやってきました。

そして、その理由が私にもわかります。

**惚れ薬【薬品】　レア：鑑定レベルが足りません。**
**説明１：鑑定レベルが足りません。**
**説明２：鑑定レベルが足りません。**

でき上がった薬が、超精力剤じゃなかったのです。

いったい、どうして？

「すみません、レシピ通りに作ったのですが、どうしてか」

「……ねぇ、クルトくん。その尻尾、見せてもらっていい？」

使わなかったイモリの尻尾らしきそれを見て……私は眩暈がしました。

これはイモリの黒焼きではありません。よく似ているけれど、ヤモリの黒焼きです。

よく間違えられる商品のため、鑑定スキルを持たない店主は、ひとくくりに黒焼きとして販売しています。

リュークさんの店もそのひとつでした。

……失敗した、私がきっちり鑑定するべきでした。

「クルトくん、もう一度超精力剤は作れるかしら？」

「材料があれば。ＭＰもまだ余裕はあります」

「……材料、精力剤がないのよ。一本も」

「それなら、精力剤の材料が必要です。蒸留水はあるので、できれば火亀の血、なかったら寄生茸」

「……わかったわ。寄生茸に火亀の血ね」

私はその足でリュークさんの店に向かい、寄生茸か火亀の血がないか調べることにしました。

寄生茸は、迷宮一階層にいるワーカーアントに寄生する茸で、結構珍しいアイテム。

火亀の血はマグマ迷宮でしか取れないアイテムなうえ、液体なのでなかなか店に入荷されることがありません。

リュークさんの店でも、やはりそれらの商品はありませんでした。

私は次にギルドに向かい、緊急クエストを出しました。

寄生茸二個。報酬は一個につき銀貨三十枚。火亀の血も二瓶。報酬は一本金貨一枚。

破格すぎるその値段に、レメリカさんは「本当にいいのですか？」と再度尋ねましたが、私は頷きました。

これで手に入らないのなら、値段を上げても手に入らない。そういう値段設定です。

そして、私はレメリカさんにお願いすると、店に戻りました。

それからはなにごともなく時間が過ぎていきます。

夕方になり、私は再度ギルドへ向かいました。

ですが――

「寄生茸、一個はすぐにギルドに届きました。でも、二個目はまだ届いていません」

レメリカさんから言われたのは、そんな一言でした。

「…………そうですか。ありがとうございます」

そして、私は寄生茸を一個持って店へと帰ります。

これが、私のオーナーになるための試練?

いままで店長として切り盛りしてきて、なんでもできる気になっていたのに……。

ううん、こんなことは初めてではありません。店を経営するうえでは必ずあることです。

そう思おうとし、でも無理だと諦めました。

そして、私はふと横を見ます。

地下へと続く階段。

誰でも入れる階段。

迷宮の入口。

寄生茸に寄生されるワーカーアントは一階層にいます。

魔物の中では最下級。

ならば——


私が店に帰ったときは、すでに夜でした。

従業員の皆もすでに寮に戻っています。

そのなかで、レモネだけが私を待っていました。

「おかえりなさい……あの、店長、私……」

「レモネちゃん、お疲れ様。もう上がっていいわよ」

「あの……」

「大丈夫。イモリとヤモリの黒焼きは鑑定スキルがないと見分けるのが難しいし、誰でも間違うものなのよ」

私はレモネの頭を撫でて、寮に帰らせました。

そして——私は自分が手に持つ寄生茸の入った袋を見ます。

結局、私は迷宮の中に入ることができませんでした。

入る勇気なんてなかったのです。

こんなことで私は——

「あぁ……疲れた。メイベルいるか……っておい、なんで泣いてるんだよ」

店の裏口から入ってきたコーマ様を見て、私の目から涙があふれました。

事情を話すと、コーマ様は静かに聞いてくれました。

話している間に、私もまた落ち着きを取り戻し、恥ずかしくなります。

失敗談を延々と話したのですから。

「それで泣いていたのか。ていうか、怒っていいか？」

「はい。コーマ様が信用して私に店を任せてくださったのに、こんな大失態を。これじゃあ、私、この店のオーナーになる資格なんて……」

「そうじゃない。メイベル、地下迷宮に入ろうかって思ったって言っただろ」

……はい。私は地下迷宮に入って寄生茸の採取を行おうとしていたけれど、勇気がないせいで迷宮の前で悩んだ挙句、なにもせずに店に戻ってしまいました。

「まったく、危ないことするなよ。メイベルは戦闘能力がないんだから。迷宮の一階層といったって、魔物は普通の人間より強いんだぞ」

「え？　あ……はい」

思わぬことを注意された私は、驚きましたけれど頷きます。

そして、コーマ様は嘆息を漏らすと、キノコを三本、そしてイモリの黒焼きをアイテムバッグから取り出しました。

> **寄生茸【素材】　レア：鑑定レベルが足りません。**
> **説明1：鑑定レベルが足りません。**
> **説明2：鑑定レベルが足りません。**

「コーマ様、これ……」

「ていうか、困ったことがあれば俺に相談しろよな。こんなものならだいたいは持っているんだから」

「でも、コーマ様はもう店のオーナーではないですし、私がオーナーとして頑張らないと」

そうです。もうコーマ様と私の関係は、オーナーと雇われ店長ではないんですし、もうすぐ主と奴隷でもなくなってしまいます。

「いや、オーナーじゃなくても、俺はメイベルが困ったら助けるぞ？」

「え？」

「だって、俺がオーナーじゃなくなっても、メイベルが奴隷じゃなくなっても、メイベルはきっとバカだから、俺の無茶な頼みくらい平気で聞いてくれるだろ？」

「バカってなんですか、バカって！」

勿論聞きますよ。

コーマ様に頼まれたら、無茶どころか不可能と思えることだって、やってみようと思います。

だって――コーマ様は私に――大切なものをいっぱいくださったんですから。

「だから、俺もメイベルのためにできることはするよ。だって、俺はメイベルとの絆がなくなることが、一番の損だからな」

「……損？」

「あぁ、俺は損得勘定でいえば、店の権利とか、メイベルとの主従関係とかなんて関係のない、ふたりの絆を保つことが一番得だと判断したんだよ」

……あ。

あれは、私がコーマ様の奴隷になる前。私がコーマ様に言ったセリフだった。

『コーマ様に損得勘定があるとすれば、この店を引き払ったら損だと思わせるほどに、店を大きくしてみせます』

結果的にコーマ様にとって、店のオーナーであることは得だとは思えなかったようです。

でも、それ以上に私との絆を大切だと、得であるとおっしゃっています。

それは、とても嬉しくて……とても光栄で……とても怖い。

絆ほど不確かなものはありません。それなら、私はこのままコーマ様の奴隷として……この首輪を着けたままでいたほうが。

「メイベルはこの店をどんな店にしたいんだ？」

「え？」

「メイベルの理想の店って、どんな店なんだ？」

私の理想の店？

私は、ただお父さんが経営していた店を失いたくなくて。

お父さんのお店。

商品を買う人全員が笑顔になれる店がとても好きで。

それを見ていると私も幸せになって。

あ、そっか。

「…………私、自分のために店を経営したかったんだ」

死んだお父さんのためだとか、私を信用して店を預けてくださったコーマ様のためじゃない。

ただただ、私は皆を笑顔にすることで、私が幸せになりたかったんだ。

「じゃあ、俺と一緒だな」

コーマ様は笑顔で言った。そして、その笑顔はどこか寂しそうです。

「俺が生きているのも、結局は俺のためなんだろうな。あいつのためだとかいってもそれは変わらないんだ。あいつはそんなの求めていないから」

〝あいつ〟が誰かはわかりません。でも、私も一緒なのでしょう。お父さんのためといっても、お父さんはきっと私には、自由に生きてほしいと願っています。

そして、私は自由に生きた結果がこの店でした。

ここが、私のための私の場所だから。

「……コーマ様、私、この店で頑張っていいんですよね」

「ああ、いいよ。ただし、頑張りすぎて変な方向に行きそうになったら止めてやる。それくらいの役目は俺がしてやるよ」

そう言って、コーマ様は私の首を優しく触りました。

「メイベル。もうこれは必要ないよな?」

「はい……あの、お願いしてもよろしいですか?」

私はそう言って、コーマ様から預かっていた鍵を渡します。

「俺がしていいのか?」

「コーマ様がいいんです」

「それは光栄だ」

コーマ様は笑って、私の首に嵌められた首輪の穴に、鍵を差し込みました。

カチッという音がして、いままで私を縛っていた隷属の首輪が綺麗に外れます。

コーマ様はその首輪をアイテムバッグの中に入れ、代わりになにかを取り出しました。

手のひらに握られていて、それがなにかはわかりません。

「なぁ、メイベル。俺とメイベルが出会ったきっかけなんだけどさ、実はプラチナリングを大量に手に入れて、それを売った金がもとだって話したっけ？」

「いえ、初めて聞きました」

「そっか。まぁ、だからというわけじゃないんだけどさ、俺とメイベルの出会いを記念して、友達リングでも贈ろうかと思うんだけど」

「友達リング……？」

友達。

その言葉に私は少し落胆しました。

でも、コーマ様から指輪がいただけるのはとても嬉しいです。

男の人からの初めての指輪。その相手がコーマ様だなんて、幸せです。

「じゃ、右手の薬指を出してくれないか？」

「右手薬指ですか？」

左手薬指は愛を意味すると聞きましたけど、右手薬指はどういう意味なのでしょうか。

「ああ。右手の薬指は自分らしさを意味するらしいからな。メイベルにちょうどいいだろ？」

「自分らしさ……？」

「いやぁ、本当はペアリングにしようとか思ったんだけどさ、俺とメイベルはすでにイヤリングで繋がっているしな」

コーマ様は左手で自分の耳を触りました。

そこには三つの通信イヤリングが着けられています。

……コーマ様は私以外にも多くの人と繋がっている。

でも、私とも繋がっている、いまはそれだけで十分ですね。

私が右手を出すと、コーマ様は左手を私の手の下に添えて、指輪を……私の薬指に嵌めてくださり――

「ミ……ミ……ミ……ミス……ミ……はう」

私はそのまま意識を失いました。

気を失う直前に見たのは、

**ミスリルの指輪【装飾】　レア：鑑定レベルが足りません。**
**説明1：鑑定レベルが足りません。**
**説明2：鑑定レベルが足りません。**

夢にまで見たミスリルの指輪でした。

そして、夢が現実になったとき、私は当然現実を受け止めきれませんでした。


「で……コーマ様。これはどういうことでしょうか？」

「いや、ほら、俺、工房とか持ってなかったし」

翌日、ジンバーラ国の元国王に超精力剤をお売りした直後、私はコーマ様を呼び出しました。

店の裏、寮の横に新たな建物があります。

一階は、錬金術の設備。遠心分離機や何十種類のフラスコ、試験管、書物が置かれています。

正直、どこの王立研究所？　という設備でした。

奥の部屋には、ふたり分のベッドと勉強机、そして絵本や玩具が置かれているし、台所やトイレやお風呂など、生活に必要なものがすべて揃っています。

これはすべてクルトくんとアンちゃんのために用意されたのでしょう。

二階は鍛冶工房になっていました。炉や金床、金鎚などが置かれています。

部屋の造りはクルトくんの部屋とほぼ一緒ですが、ベッドがひとつしかありません。

ここはコーマ様の工房なのでしょう。

とても重そうなものばかり置かれているのに、床は抜けないのでしょうか？

そう思ったけれど、まぁ、コーマ様なら大丈夫なのでしょうね。

だが、問題はそこじゃない。

その工房のあった場所が、昨日まで更地だったということです。

「いやぁ、一日で建てるのは苦労したんだけどさ、クルトはともかく、アンちゃんを空き巣の入る倉庫で寝させるのはいまさらながら危ないと思ってな」

「一日で……昨日、疲れたと言ったのは」

「昼間のうちに外装は終わってたんだけど、気付かなかったのか？　そういうわけで、今日からお隣さんだからよろしくな、メイベル」

「……はぁ……コーマ様、ひとつだけ言わせてください」

私は疲れたので、本当にひとつだけ言いました。

「少しは常識のなかで行動してください！」

そう怒る私の右手薬指には、ミスリルの指輪が輝いていました。

## スライム作製談①

**アイスライム【魔法生物】　レア：★★★**
**凍ったスライム。手で触ると凍傷になる。**
**体は冷たいけれど、心は温かい。**

「コーマ、なにそれ？」

ルシルが異物を見るような目でこちらを見てきた。

「氷とスライムの核を使って作ったんだけど、背中にくっついて離れないんだ……」

耐寒ポーションを飲んでいるので、なんとか耐えられているが、このままだと町に行くこともできない。

どうしたものかと思って、スライムすべての姉であるカリーヌに尋ねたところ、どうもこのアイスライムは俺のことが好きすぎて、離れたくないようだ。心は温かいってそういうことか。てことは、俺、一生このままか？　と思ったら、翌日、そのアイスライムはあっさりと俺から離れ、タラにくっついていた。それを見て、ルシルは笑いながら言った。

「愛は移り気ってことね」

「……というか、あれ、アイスライムじゃなくて、愛スライムだろ」

**ヌライム【魔法生物】　レア：★**
**スライムの形をしているが、スライムではないなにか。**
**スライムと同じ能力を持つ。つまりただの雑魚。**

「……スライムじゃなくてヌライムか……違いがよくわからないんだが」

スライムの核に紛れていたヌライムの核。それから作られたのが、このヌライムだ。

でも、どう見てもスライムだ。カリーヌでも違いがわからないという。

「……怖いわね」

「あぁ。もしかしたら、同じ人間だと思っている相手も、実は人間じゃないかもしれないっていういい例だよ」

「そうじゃなくて、スライムとヌライムって……日本語だと理解できるけど……そもそもスとヌを入れ替えるって、センスなさすぎよね」

カリーヌの名前を思い付いたときの俺には、絶対に聞かせられない言葉だなと思った。

というか、いまも聞きたくなかった。

# 第二章　姿を変える性別反転薬

【本日の目標：銅の剣を作ってみよう！】

ということで、さて、ようやく完成した俺の工房。

鍛冶工房。

え？　なんで鍛冶工房なんていまさら作ったのかって？

だって、俺、いちおう表向きは鍛冶師ってことになっているし、金もあるのに鍛冶工房を持っていないって不自然だろ？

というわけで、鍛冶工房を自分なりに作ったわけだ。

ちなみに、部屋全体が熱に対する耐性が強く、また空調システムを取り入れて、いつでも室内の温度を調整できるようにした。

完璧すぎるよな。

実は、一度普通の建築資材で作った結果、床と壁が熱と重みに耐え切れずに、建物が崩壊しかけたという失敗はあったが、それでもなんとかここまで作り直すことができた。

一日で二度建物を作るとか、本当に鬼のような作業だった。

でもまぁ、いま考えればいい思い出だよな。

勿論、鍛冶仕事に必要な道具はすべて揃えてある。

竜骨炉【魔道具】　レア：★×六
高温を出す装置。最低百度から最高四千度まで熱せられる。
これさえあれば、どんな金属でもドロドロに溶かせる。

竜骨の入手には苦労した。メイベルに頼んで金貨二十枚で仕入れてもらった。

白金金床【雑貨】　レア：★★★★
この上に熱した金属を置き、ハンマーで叩いて加工する。
白金の名は伊達じゃない。最高の金床です。

プラチナハンマー【槌】　レア：★×五
白金のハンマー。とても重い。
金よりも重いこの槌を扱うには、かなりの力が必要。

逆にこれらは簡単に作れた。白金鉱石はいまでも安いからな。

火炎ハサミの角【素材】　レア：★★★
火の耐性の強いクワガタの角。鋏の形をしている。
その形と耐久性から、鍛冶師の矢床《やっとこ》としても使える。

これは市販の品だ。でも結構便利。

竜の鱗手袋【雑貨】　レア：★×六
竜の鱗で作られた手袋。
とても高い魔法抵抗と耐熱性を誇る。

竜の鱗は、俺が竜化したときに体に生えた鱗を使った。
鱗を千切るのは痛かったが、アイテムのためだ。涙を呑んで耐えよう。

箱ふいご【雑貨】　レア：★★
風を送る道具。押しても引いても風が出ます。
炉の温度を上げるのにどうぞ。

そして、もうひとつ、大切なものが。

『鍛冶ノススメ』

前に読んだ『錬金術ノススメ』の鍛冶師バージョンだ。

これらの道具も、この本により揃えた。

そして、箱ふいごなんだが、竜骨炉は普通の炉ではなく魔道具で、火の温度調整も楽々可能なので使わないことが判明。

幸先は不安だが、とりあえずやってみるか。

鍛冶用の道具を揃えたうえで読んでみる。

三ページ目だ。

『道具を揃える前に確認してください。あなたは鍛冶スキルを持っていますか？』

はい？

『鍛冶スキルがなくても鍛冶作業は可能ですが、この本は鍛冶スキルを持っている人向けの本です』

『もし鍛冶スキルがないのならば、当社から発売の『猿でもできる鍛冶作業』をお買い求めください』

聞いてねぇよっ！

ていうか、必要な道具一覧を出す前に、この注意事項を書いておけよ。

どうしたものか？

【×××より、鍛冶スキルを派生取得可能です。取得しますか？】

と思っていたら、久しぶりに叡智スキルからの囁きが。

×××は、アイテムクリエイトのことだろう。

そうか、そんなに簡単にスキルを取得する手段があったのか。

叡智スキル、グッジョブだ！

ていうか、叡智スキルがなかったら永遠に気付かなかったんじゃないのか？

【鍛冶スキルレベル１０を覚えました】

……そんなに簡単にスキルがレベル１０になる手段があったのか。

ていうか、アイテムクリエイト無敵すぎね？

さすがにステータスアップはなかった。

いや、本当はレベル１を取得して、レベルを上げていくたびに強くなるシステムのほうがよかったんだけど。

まぁ、文句を言っても始まらない。

とりあえず、鍛冶スキルは手に入れた。

『鍛冶スキルはありましたか？　では、鍛冶を始めましょう。鍛冶は錬金術と違ってレシピは必要ありません。必要なのは、素材、道具、イメージ力、筋力、スキルレベルの五つです』

レシピが必要じゃないのは普通に助かるな。

いちいち作るのが面倒だから。

『では、手始めに青銅のインゴットを用意してください。青銅のインゴットを矢床を使って、図のように炉の中に入れましょう』

なんで銅の剣を作るのに青銅を使うのか？

というのも、銅は本来、軟らかく錆びやすい、武器に向かない素材だからだ。そのため、銅の剣には青銅が使われる。

あと、鍛冶スキルがないなら、鋳型に流し込んで作るのが一般的らしい。

だが、型に流し込んで作るだけの剣は切れ味が悪く、切るというより殴る剣になってしまうから、こうして鍛冶スキルを使って作る銅の剣のほうが高価らしい。

俺は耐熱手袋として竜の鱗手袋をはめ、青銅のインゴットを温度調整をした炉の中に入れる。

一定時間が経過し、取り出すと赤く熱せられた青銅が出てくるので、素早く打つ。

『剣のイメージを持ってハンマーで叩きましょう。鍛冶スキルレベル1があれば、五十回打てば剣の形になります』

結構面倒だな。でもやってみるか。

俺はそう思い、まずは一発、ハンマーを振り下ろした。

一瞬で青銅のインゴットは剣の形へと変形し、銅の剣が完成した。

なんで？

鍛冶スキルがレベル10あることもそうだが、力の神薬のお陰で、筋力もかなり高いせいだろうか？

ま、まぁ、できたならいいか。

『剣の形に仕上がれば、お湯に入れましょう。お湯の代わりにハチミツやポーションを使っても効果的です』

刀鍛冶の弟子がお湯の温度を知ろうとしたら、師匠に腕を切り落とされてしまう。という逸話がある。それくらいお湯の温度というのは重要なのだ。この本にも「お湯」としか書かれていない。

まぁ、今日は初めてだから、水温は適当にしたけど。

ということで、俺は少し温かめのポーションの入った瓶に剣を入れた。

そして、ついに銅の剣ができ上がる。

そうか、銅の剣ってこうやって作られていたのか。

いろいろ手順が端折られた気がするが、でも、こうやって作ってみると、かなり感慨深い気持ちになって……。

**癒やしの剣【魔法剣】　レア：★×五**
**切った相手の傷を癒やす魔法の剣。**
**切れば切るほど回復していきます。**

「なんでだぁぁぁぁぁっ！」

俺は思わず叫んでいた。

もはやこれは剣じゃない。

ただの医療道具だ。

ポーションの代わりに使ったアルティメットポーションが原因だというのはすぐにわかったのだが……アルティメットポーションを使わずにお湯を使っても、

**銅の剣改【剣】　レア：★★★★**
**銅の剣を鍛えに鍛えて作られた剣。**
**あなたは本当の銅の剣を知ることになる。**

という、まばゆい光を放つ銅の剣ができ上がった。

試し切りをしてみると、用意した鉄板を簡単に切り裂いた。

もはやこれは銅の剣じゃないと思う。

……ま、まぁ、まだ二回目だし、仕方がないよな、うん。

そうだ、もうお湯なんて生温《ぬる》いことを言っていないで、水を――いや、氷水を使ってみよう。本来ならボロボロの剣になるはずだが、俺にはちょうどいいかもしれない。

**氷の銅剣【魔剣】　レア：★★★★**
**氷属性が付与された銅の剣。**
**凍てつく刃が心臓を凍らせる。**

無茶苦茶だ。もう普通の水なんて使った俺が悪かった。泥水だ。泥水を使おう。

そう思って剣を作ったら、土属性の銅剣ができ上がった。

結局、銅の剣ができるまで、十二回鍛冶作業をすることになった。

どうやら、俺は鍛冶師には向いていないようだ。

そのあとも、鉄の剣や金の剣、プラチナの剣などを作ったけれど、バカみたいな性能の剣しかできなかったので、俺はそっと竜骨炉の火を落としたのだった。

こんなの、真面目に鍛冶をやっている人への冒涜だ。

ちなみに、でき上がった剣は、とても高値でメイベルが買い取ってくれた。

無料で卸すといっているのに、俺はもう店のオーナーではないのだからといわれて、お金を受け取らざるを得なかった。

その金額はとても高額すぎて、これまたまともに働いている人への冒涜な気がしてきた。

これなら、アイテムクリエイトで作ったアイテムを売るほうがまだマシだ。

このお金は、いつかどこかに寄付するとして、やはり俺は鍛冶師ではなく、アイテムクリエイトで普通のものを作っていよう。

　そう思った。


　魔王城。

　畳と卓袱台《ちゃぶだい》、あとはものを置く棚程度しかないこの部屋で、俺はアイテムクリエイトを連発していた。鍛冶師の作業はストレスが溜まったからな。想像していたものができるというのは気分がいい。この調子で続けよう。

　最近、スライムばかり作っていた気がするので、今日は気分を変えて、変なものを作っていた。

　ちなみに、ルシルはマユに誘われて迷宮の中を散歩中。コメットちゃんとタラは畑作業があって魔王城にはいない。

　そのため、いまは俺とカリーヌのふたりきりだ。

「お兄ちゃん、なにを作っているの？」

　後ろからカリーヌが覗き込んでくる。

「あぁ、ちょっと面白いものができてな」

　鍛冶では失敗したけれど、考えてみれば、クリスには俺は錬金術師でもあると告げたことがあるし、クルトの師匠でもある。だから、今度は薬を作ってみようと思って、いろいろな薬を作っていたのだが、それができてしまった。

> **性別反転薬【薬品】　レア：★×六**
> **飲むと男は女に、女は男になる薬。制限時間なし。**
> **もとに戻るには、もう一度性別反転薬を飲みましょう。**

とりあえず、四本作ってみた。

つまり、二回試せるというわけだ。

「へぇ、面白そう。カリーヌが飲んでいいかなぁ？」

「ダメだ。男にお兄ちゃんと呼ばれたくないし、呼ばれて変な性癖になったらもっと困るからな」

「ぶぅぅ」

怒っても飲まさないよ。俺はカリーヌのことを嫌いにはなりたくないからな。

こういう薬の実験にはクリスを使いたいんだが、同じ理由で彼女にも飲ませられない。

ルシルも同様だ。

というわけで。

「悪いな、仕事中に呼んで」

「いえ。主の命とあらば、いつでも喜んで駆けつけます」

タラに来てもらいました。

畑仕事の途中、汗をかいたので上半身裸だった。

俺は薬の効果を説明して、タラに飲んでくれないかと頼む。

タラは快く俺の実験に応じてくれた。

こいつ、見た目は美少女といってもおかしくないほど、整った顔立ちをしているからな。

将来、ゴーリキのように厳つい男になるとは想像できない。

でも、いまならこの薬を飲めば、さらに美少女になるはずだ。

褐色肌、紫色の髪の美少女か。頭に獣の頭蓋骨を被っているのも、また魅力的かもしれない。

あとは可愛い服を着せたら……ん？

「やば、タラ、少し待っ――遅かった」

俺の目の前に、ふたつの大きなメロンちゃんがいた。小さな凸まではっきり見える。

タラ……上半身裸だったのをすっかり忘れていた。

それにしても、タラ、本当に可愛い女の子になったな。長かった紫の髪はさらに長くなり、ミステリアスな感じの美少女だ。

ミステリアスなのに、上半身は完全にオープンだけどな。

でも、実験は成功だ！

「主……あまり見ないでください。恥ずかしいです」

「……恥ずかしいのか？」

もしかしたら、性格にまで影響が出るのかもしれないな。

そういえば、口調も少し変わっているし。

俺はタラにもう一本性別反転薬を渡し、もとに戻ってもらった。

うぅん、これはもう少し実験しないといけないな。

当然、女性は却下だ。女が男になるほどつまらないものはない。

とすれば、俺の知り合いで男は、クルトと……あれ？

クルトのほかに俺と仲のいい人っていたっけ？

ルシル、クリス、コメットちゃん、メイベル、マユ、スー、シー、フリマの従業員、アンちゃん、レメリカさん。

あれ？

俺って男友達少なくね？

……誰かいないか？

ユーリはギルドマスターだし、知り合い程度。そもそも、あいつにはこの薬の効果は出ないだろう。

ハンクやセバシは商売上の付き合いしかない。

蒼の迷宮の人たちとも、あれから連絡を取っていないし。

孤児院の子供……って子供に薬を飲ませられないし。面白くないだろ、二次性徴も迎えていないんだし。

あとは誰かいたかな……ジョ……ジョ……ダメだ、男の知り合いはほかにいない。

考えて、考えて、考えた結果、

「よし、クルトに飲ませにいくか」

俺はもう諦めて魔王城を出た。

男友達がいなくても、俺にはスライムという雌雄同体の部下が山ほどいるじゃないか！


「え、クルトいないのか？」

朝の七時。

クルトが工房にいなかったので、フリーマーケットの裏の倉庫に行ったところ、メイベルから聞いたのは、思わぬクルト不在発言だった。

あいつ、いつも工房に引き籠もるか、材料を買いにいくくらいなのに。

「はい。アンちゃんの学校の入学説明会へ行っています」

「え？　アンちゃんって、もう学校に行く年齢なのか？」

「学校は、早い子なら三歳から通っていますよ」

あぁ、そこは日本とは違うんだな。三歳って、幼稚園や保育園の年齢じゃないか。

でも、勉強をするのはいいことだな。一万円札先生……じゃない、福沢諭吉先生も言ってたもんな。

天は人の上にも人の下にも人を作っていないのに、不平等が生まれるのは、学問に励む人と励まない人がいるからだって。

うん、俺も学問をすすめよう。

となれば、出直すか。

「コーマ様、クルトくんになにか用があったのですか?」

「ん? あぁ、性別反転薬という、男が女に、女が男になる薬をつ……仕入れたんだよ。ちょっとクルトを実験台にして飲んでもらおうかなって思ったんだ」

「さらっとひどいことを言いますね……クルトくんなら飲んでくれるでしょうが」

ひどいって、ちょっと女になって男に戻るだけだが。

……ひどいのかな?

「それなら、私が飲んでみましょうか?」

「いや、メイベルが飲んでも美少年エルフになるだけで、男の俺からしたら面白くないからなぁ」

「美少年……それは私のことを美少女……と思ってくださっているんですね」

メイベルがちょっと嬉しそうに呟く。うん、まぁ、どういうわけか俺の周りの女の子は、美女美少女揃いだからな。

「男の人に飲んでほしいのでしたら、ちょうどいい人がいますよ。その薬、私が預かってもいいでしょうか?」

「……ん? そいつはどんな男だ?」

「とても素敵な男の人ですよ」

メイベルが素敵というのなら、いい男なんだろうな。少し嫉妬してしまう。

もしかして、スーの父親の爺さんじゃないだろうな？　前にこの店に来たらしいし、女たらしだからな。

爺さんが婆さんになるところを見ても面白くないぞ。

「変身するところを見たいから、男の状態で連れてきてくれると助かるんだが」

「はい、かしこまりました。では薬を二本ともお預かりしますね」

メイベルはそう言って、薬を持って出ていく。

あれ？　ここに連れてきてくれるなら、薬を持っていく必要はなかったんじゃないか？

「あ、コーマ様。少し時間がかかりますから、このジュースでも飲んで待っていてください」

メイベルはそう言って、液体の入ったコップを置く。

お、さすがは新オーナー。気が利いているな。

って、すぐに出ていってしまったため、また薬を置いていってもらうのを忘れた。

ま、ジュースでも飲んで待つか。

……あれ？　なんか俺のいまの行動……なんだろう、一瞬クリスの姿が脳裏をよぎったが。

ははは、まさかメイベルが俺を騙すなんて――

俺は笑いながら、ジュースを飲み――あぁ、やっぱりかぁ。

それはジュースじゃなかった。

「メイベルゥゥゥッ！」

自分の声にしてはやけに高い声で、俺は彼女の名前を呼んだ。

「ぷっ……お呼びですか？　コーマ様」

「もう一本の薬を渡せ！　いますぐに」

「まぁまぁ、コーマ様。まずは自分の姿を見てくださいよ」

メイベルは笑顔で試着用の姿鏡を持ってきた。

その鏡に映されたのは……俺の服を着た、見たこともない黒髪の美少女だった。

真っ白ではない、ほどよく焼けた健康的な肌。バスケットボールを片手で掴むのが難しそうな、小さな手。

僅かに膨らみのある……メイベル以上、コメットちゃん未満の胸。

身長も少し縮んだのだろうか？

ここは、とりあえず、お約束。

「大事なものがやっぱりない！」

と股を触って叫んでみた。

少し虚しい。

「もう、コーマ様。自分の体とはいえ、いきなりどこを触っているんですか！」

「いや、お約束お約束。へぇ、俺って女の子ならこんな風になってたんだ」

うん、タラほどではないけれど、本当に生まれてくる性別を間違えたのではないだろうか？

こんな可愛い子、日本だと放っておかれないだろうな。

姿鏡を見ながら、一通りポーズを取ったあと、

「よし、じゃあメイベル、もとに戻るから薬を——え?」

横を見ると、メイベルが笑顔で立っていた。

その手には、従業員用のドレスと女性用の下着がある。

「あの……メイベルさん、それは?」

「コーマ様。いい機会ですから、今日一日ここで働いてみましょう」

「え?」

「いい機会ですから」

「え?」

「本当に、いい機会ですから」

「いや、ちょ……本気で言っているのか?」

「はい。あと、女の子なんですから、もっと可愛らしい言葉遣いでお願いします」

「……いやいや、ちょっと待て。メイベル、なんか目が据わっているぞ」

荒い息を立てながら、にじり寄るメイベル。え? もしかして……あの……。

「いいじゃないですか。幸い、今日の空き巣はすでにレメリカさんが連れていってふたりきりなんですし……ふふふ」

「きゃぁぁぁぁぁぁっ!」

我ながらなんとも女らしい悲鳴を出してしまい、気が付けば下着まで女物に変わっていた。

メイベルの迫力に逆らうことができなかった。

「俺、いちおうここの元オーナーなのに」

　なんだろう。店の権利をメイベルに譲ってから、彼女はなにか吹っ切れたように、前よりも明るくなったよな。以前なら、俺の頼みには絶対服従という感じだったのに、こうして冗談めいたことをしてくる。

「まぁ、なにごとも経験ですよ、コーマ様……あ、でも名前は変えたほうがいいですよね。じゃあ、コーリーちゃんで」

「コーリーって……あの、本当に男に戻してくれないか？　俺、明日からコースフィールドに行かないといけないんだけど」

「コーリーちゃん、口調口調。女らしく」

「あの、男の子に戻りたいんですけど」

　俺が言うと、メイベルは笑顔で、

「今日一日頑張ってくれたら薬を渡しますよ、コーリーちゃん」

　そう言うメイベル。

　薬の材料、もうないんだよな。

　もともと行商人から仕入れた草だから、このあたりでは採取できない。

「……メイベル、嬉しそうだね」

「はい♪」

　はぁ……でも、まぁ、もともとはいえ、俺はこの店のオーナーだしな。従業員がどんな仕事をしているのか、見るのもありか。

幸いというか不幸というか、この薬には制限時間はないから、急に男に戻ってバレる心配はない。

ということで、俺の一日女生活が始まった。

「皆さん、今日一日だけこの店で働くことになりました、コーリーちゃんです。私以上の鑑定スキルを持っていますので、わからないアイテムがあったら彼女に聞いてくださいね」

「「「はーい」」」

「じゃあ、コーリーちゃん。一言お願いします」

メイベルに言われ、俺は一歩前に出た。

「コーリーです。今日一日だけですが、皆さんの足を引っ張らないように精一杯頑張りますので、よろしくお願いします」

従業員の皆に拍手で迎えられたわけだが、正直不安だよな。

女性だけの職場って、男からしたら、見てはいけないものを見るんじゃないだろうか？

理想と現実でいえば、現実を見てしまう。

例えば、オーナー……いまでは元オーナーの陰口とか。

開店一時間前で、俺たちは店の準備をしていた。

え……エラ呼吸ポーションって銀貨十枚もするの？　あんなに不味いのに。

あ、でもこれ、俺が作った薬じゃない。たぶん、クルトが作ったものだ。

へぇ、あいつ、こんなのまで作れるようになっていたのか。

商品の整理をしながら、弟子の成長を喜んでいると、

「ねぇ、コーリーちゃん。ちょっといいかしら?」

「あ、はい。ファンシーさん……でしたよね」

「あら? 知っていてくれたの?」

「はい、メイベル店長から教わりました」

本当は隣の寮の一階でクリスと食事をしているときに、何度か挨拶して知っていたんだけど。

「ねぇ、コーリーちゃんって、元Dだったりするの?」

「元D? なんですか、それ?」

元ヤンとかそういうのかな。

「元奴隷ってこと。私たち、つい最近まで全員奴隷だったんだけど、メイベルがオーナー兼店長になって、奴隷から解放されたの」

「へぇ、そうだったんですか。知りませんでした」

すみません、本当はメイベルから全部聞いていました。

全員信用できる従業員だからと。

「そうなの……じゃあ、あっちも知らないか」

「あっち?」

「この店の元オーナーよ」

俺のことか。結局、最後までメイベルとコメットちゃん以外には、俺がオーナーだってことを話

さなかったからなぁ。

でも、いきなり元オーナーのことを語るということは、いつも陰口を叩かれているのかな。

やれ給料が安いとか、やれ店が狭いとか。

寮？　寮は俺が考え得る限り最高の設備にしたから、文句を言われる心配はない……たぶん。

「この店の元オーナーのこと、いつも皆で話しているんだけどね」

「いつもですか？」

「そう。誰だかわからないんだけど、きっとどこかの王族じゃないかって噂しているのよ」

はい、王族です。魔王だけど。

って、おい、そんなわけないじゃないか。

「あの、さすがにそれは話が飛躍しすぎでは？」

「だって、店の権利を丸ごとメイベルに渡しちゃう人なのよ。どこかのお金持ちじゃないと不可能よね」

「それはそうですけど……」

確かに、メイベルが一千億円くらいの資金があるって言ってたな。

むしろ、普通の金持ちでも無理じゃないだろうか？

「知らないのなら別にいいの。ごめんなさい」

「いえ、お役に立てなくてすみません」

「……いつか会って、きっちりお礼を言いたいな」

少し寂しそうにファンシーは呟いた。

……あぁ、陰口は陰口でも、こんな陰口なら……恥ずかしすぎるな。


そのあと、店は開店時間を迎えることになったのだが。

その時間はまさに戦場だった。

会計用のカウンターに商品と代金が一緒になって出され、列もなにもあったものじゃない。

「ポーション三つ！」

「こっちは四つだ！　早くしてくれ！」

「解毒ポーションはもうないのかっ！」

「銅の剣だ！　早くしてくれ！」

「銅貨がないんだ、負けてくれ！」

ただでさえ忙しいのに、値引き交渉とかやめてくれ！

俺は目を回しながらも、ひとりひとり会計処理をしていく。メイベルたち、毎朝こんな地獄を味わっているのか、と思いながら。

そして、あっという間に開店三十分の悪夢が過ぎていった。

「つ……疲れました」

「お疲れ。初めてにしては、ようやったわ」

リーが俺の肩を叩いて労《ねぎら》いの言葉をかけた。

「商品をひとつも間違わずに販売できるんやから。さっきの客、銅の剣と偽って銅の剣改を買おうとしてたけど、それもきっちり見破ってたし」

「いえ、鑑定スキルのお陰ですよ。それより、毎朝こんなに忙しいんですか？」

「まぁ、今日はいつもより客が多かったかな。ていうか、野次馬が多かったわ……気付いてないん？」

「なにをですか？」

俺が尋ねると――

「それは勿論、君が可愛いからだよ」

店に入ってきた赤い髪の男が、そう囁きかけてきた。

えっと、誰だっけ？　どこかで会った気がするんだけど。

この世界に来て、初めて会った一般人のはずなんだけど。

「あ……思い出した、ジョークさん」

「ジョーカーだよ！」

ジョーク……もといジョーカーは、まるでそれが自分の役目だと言わんばかりにツッコミを入れたあと、

「でも、君みたいな可愛い女の子が知ってくれているなんて嬉しいな。なんて名前なの？」

と笑いかけてくれた。

あれ？　もしかして、俺、ナンパされてる？

「コーリーと申します。なにかお探しの品がありますでしょうか？」

「ん？　あぁ、えっと……なにかお買い得な品ってある？　あんまり金ないんだよね」

うん、こいつはナンパには向いていないタイプの人間だ。

でも、それならば、こいつにちょうどいいアイテムがあるな。

「この店の商品はすべてお買い得な値段設定にしていますが、そうですねぇ。タロットカードなどはいかがでしょう？」

「タロットカード？　占いで使う？」

「はい。女の子は皆占いが好きですから、酒場での話のネタに困ることがありません。銅貨十枚です」

「へぇ、でも俺、タロットとか詳しくないからなぁ」

ジョーカーはあまり乗り気じゃないようだ。だが、ここからが俺の営業トークの見せどころ。

女であり男である俺の実力で、この商品を見事に売ってみせる。

「そんなあなたにお勧めなのは、こちらのタロット入門本と、手品の本です」

「え？　タロット入門本はわかるけど、なんで手品の本？」

「手品の本を使えば、タロットカードの占い結果を自由に操作できます。だって、いきなり女の子に正位置の死神のカードなんて突きつけたくないでしょ？　それに、上手く使えば『運命の相手は目の前にいる』とか言って、女性を口説くことができますよ」

「なるほど……で、いくら？」

「タロット入門本は銅貨二十枚、手品の本は銅貨二十五枚ですが、ジョーカーさんなら三点全部合わせて、銅貨五十枚ちょうどでいいですよ」

メイベルからは、一割引きまでなら従業員の裁量に任せると言われているので、銅貨五枚割引きのお得感を出す。

「銅貨五十枚か……レメリカさんに頼まれた仕事をやってボーナスも入ったし……ちゃんと種の現在地も突き止めたし」

なにやら頭の中で計算をしたあと、

「コーリーちゃんの俺への評価も考えると……」

そういう言葉を聞こえる場所で言うから、こいつはダメなんじゃないだろうか？

悩むこと三分。そろそろほかの客の邪魔になるから追い出そうかと思ったところで、

「よし、買った！」

ようやく決意をしたようだ。

「はい、ありがとうございます」

銅貨の山を受け取ると、硬貨を数えるための容器に入れて銅貨を数え、余分な銅貨を彼に返した。

商品を包むと、ジョーク……あれ？　ジョークで合ってたっけ？　とりあえず、彼はほくほく顔で三点お買い上げして帰っていった。

あ、早速使うつもりだ。ご武運を祈る。

「凄いですね、コーリーさん。ジョーカーさんにものを売るなんて」

「ありがとうございます、レモネさん。でも、店に来ているんですから、商品を買うのは当たり前では？」

「……ジョーカーさんはいつも、その、私たちと話すのが目的で来ていますから、商品はあまり買わないんです。買ってもポーション一本とかで」

「……そうなんだ」

今度レメリカさんに言いつけてやろうか。

それから三十分後には店も落ち着き、ときおりやってくる客に武器や防具の説明をする。

それに、客層もだいぶ変わった。なかには、「え？　どこのお嬢様？」というような貴婦人も訪れ、メイベルが対応していた。

なんでも、「化粧水」についての話だとか。あぁ、メイベルに言われて、数量限定で卸している商品か。ちなみに、原材料にはアルティメットポーションが使われている。聖杯のお陰で魔王城はアルティメットポーションだらけだから、それを消費するために化粧水にして寮に置いていた。もともと売りに出す予定はなかったんだが、客の要望にメイベルでさえ断り切れなくなったという。従業員全員、肌が綺麗だから、その秘密を知りたいと言われたそうだ。アルティメットポーションを材料に使っているため、この化粧水は、ニキビ、シミ、肌荒れなどを完全に消すことができる。

勿論、保湿力も完璧。

「ありがとうございました。またのお越しをお待ちしております」

メイベルは女性客にそう言うと、貨幣の入った小さな袋を俺に渡した。

「これが化粧水一本分の売り上げです」

「へぇ、この量だと銀貨十枚くらいか？」

ふたりきりなので、男言葉に戻ってそう尋ねた。

メイベルは苦笑し、

「いえ、金貨十枚です」

「なっ……まじか」

さっきジョーカーが買った商品三点が二千セット買える金額だ。

化粧水一本でそんなに金を出すって、女になっても女心はよくわからない。

「コーマ様が卸してくださる化粧水は月に五本ですが、完全予約制になっていて、二十年先まで予約が埋まっています」

「二十年……そりゃ恐ろしいな」

「本当に恐ろしいのは、その化粧水を、寮で私たちが自由に使えることなんですけどね」

「……はは、確かに」

少し、自分のしていることが恐ろしくなってきた。

もしかして、メイベルが俺をここで働かせたのは、こういう現実を俺に見せるためだったのだろうか?

などと思いながら商品を整理していると、お客さんがひとり入ってきた。

あ、完全に酔っ払っている五十歳くらいのおっさんだ。昼間からいい身分だな。

まぁ、夜に働いている人かもしれないけど。

「いらっしゃいませ、なにかお探しでしょうか?」

「いんや、見ているだけだ。見てちゃ悪いか?」

うえ、酒臭ぇ。

「いえ。なにかご用がございましたら、なんなりとお申し付けください」

「おう、任せておけ」

なにを任せろというんだよ。

と思いながら商品整理を再開すると、お尻のあたりがぞくっとなった。

え? ……酒臭……もしかして、俺、いま、酔っ払いのおっさんに尻を触られているのか?

男の尻なんて触ってなにが楽しい……って、いまは女か。

それより……なんだ、これ。声を出して助けを呼ぶべきなのか、それとも振り返って平手打ちでもするべきなのか?

って、おい、やめろ、スカートの中に手を——

「なにをしているんですか?」

怒気の籠もった、聞き慣れた声とともに、お尻の嫌な感触がなくなった。

振り返ると、そこには酔っ払いのおっさんの手を掴んでいるクリスがいた。

「な、なんだよ、あんたは!」

クリスに手を握られたおっさんは、もともと赤かった顔をさらに赤くして……普通に酔いが回っただけかもしれないが……クリスを怒鳴りつけた。

「私はただの客ですよ。それより、おじさん。そういうの、あまりよくないですよ」

クリスがそう言うと、男はなにか言い返そうとしたが、周りの客の視線が集まっているのに気付いたのか、舌打ちをして出ていこうとする。

ただし、千鳥足で。

俺は棚にあった薬を取ってきて、出ていこうとする男の手を掴んだ。

「あの、これ、酔い覚ましの薬です。いまの状態だと危ないですから、飲んでください」

「あぁ？」

「お金は結構ですから」

「……ふん」

男は俺から薬を奪い取るように受け取ると、その薬を——まるで酒をかっくらうかのように飲み干した。

すると、真っ赤だった男の顔から赤みが抜けていき、それと同時に青くなって俺を見詰める。

「す、すみません！　酔っていたとはいえ、なんて失礼なことを」

「いえ。ありがとうございます。お陰で商品が売れそうです」

俺が店の棚を見る。

酔い覚まし薬は銅貨三枚と薬のなかでは安価なのだが、効果は抜群。

ただし、風邪程度では薬を飲まないこの世界において、酔っ払いに薬を飲ますという文化がなかったのか、あまり売れなかった。

でも、いまの男の姿を見て、店に来ていた奥様方が興味を持ったようで、棚の薬に手を伸ばしていた。全員、旦那の酒乱に苦労していたのだろう。

「はぁ……あ、これ、薬の代金、きっちり払うからね……」

男は銅貨三枚を俺の手に握らせ、

「あと、ワシの心配をしてくれてありがとうね、お嬢さん」

「いえいえ、飲みすぎて奥さんに怒られたときは、アクセサリーを買いにきてくださいね」

「ははは、あまり飲みすぎないようにするよ」

そう言って、男は店を出ていった。うん、悪いおっさんじゃなかったな。

お酒を飲まないといい人なんですけど、の典型的な例だ。でも、酒を飲むと荒れるのを知っていながら、酒を飲んでいるんだとすれば、悪いおっさんなのか？

「……あ、クリスティーナ様、先ほどは助けてくださり、ありがとうございました。私、本当は怖くて動けなかったんです」

「えっと、そんな風には見えなかったんですけど……あれ？　私のことを知っているんですか？」

「はい、クリスティーナ様は有名人ですから。美人で剣術の達人の勇者が誕生したと、町で噂になっていたんですよ」

自分で言っていて白々しすぎると思うお世辞だったが、クリスはそのセリフに顔を緩めきっている。

褒められ慣れていないのだろうな。

でもまぁ、助けてもらったお礼だ。今日くらいはいい気分を味わわせてやろう。

「コーリーちゃん、お疲れ様。休憩に行っていいわよ」

メイベルから声がかかる。

「あ、はい、店長」

俺も笑顔で対応。ふぅ、とりあえず前半戦は終了かな。

「そうだ、クリスさん。コーリーちゃん、この町に来て日が浅いから、案内してあげてくれないかな？」

「コーリーちゃんっていうんですね。あれ？　この町に来て日が浅いって、私が勇者になったのを町の噂で聞いたんですよね？」

「あぁ、私の住んでいた町はラビスシティーの外にあるんですけど、町の外にもクリスティーナ様の武勇伝が届いている、という意味ですよ。あはは」

俺は笑いながら、さすがにこのウソは厳しいか？　と思ったら、

「なるほど、そうなんですか。それは嬉しいです」

と見事に騙されてくれた。うん、クリスがバカでよかった。

まぁ、俺とコーリーが等号《イコール》で結ばれているなんて、普通は思わないよな。

「では、行きましょうか、コーリーちゃん。町の裏の裏まで案内してあげますから」

「い、いいえ、そんなアンダーグラウンドは教えてほしくないです」

「大丈夫です、裏の裏は表ですから！」

俺はクリスに引っ張られるまま、町へと出ていった。

昼前とあって、大通りは多くの人であふれていた。

客引きを行う店員や、パンの詰まった籠を持って売り歩く女性。あっちの獣人の子供が売っているのは魚か。湖で獲ってきたのだろう、琵琶湖で釣った魚に似ているラインナップだ。さすがにカンディルみたいな魚はいないだろうが。

ん？　鑑定できない魚がいる。

数センチの小魚で、売り物というよりは、網にかかって一緒に持ってきてしまった魚だろう。

そして、俺はその魚に見覚えがあった。

……まさかこんなところに、俺以外に日本からの転生者がいるとは思わなかった。いるのは知っていたが、忘れていた。

俺と一緒にこの世界にやってきた生物、おそらくその子供がそこにいた。

俺と一緒に日本から召喚されたもの、その名はブラックバス。

カンディルは殺していたが、生きていたブラックバスは、俺が目を覚ます前にルシルが魔王城のため池に放流してしまったと言っていた。

ルシル迷宮の二百階層のため池に放流されたあと、姿が見えなくなったと思ったが、まさかこの町の湖で数を増やしているとは。

どういう手段で湖まで移動してきたのかまったくわからないけれど、奴の生命力には驚かされる。

琵琶湖では憎むべき敵だったが、ここでは数少ない同郷者だと思うと、愛らしい存在に思えてくるな。

「コーリーちゃん、もしかして魚が食べたいんですか？」

「え？　あ、いえ、魚よりいまは麺料理が食べたいです」

「そうですか。じゃあ、お勧めの店とは、プラチナリングを売った宝石店のすぐ近くのパスタ屋だった。

クリスのいうお勧めのお店があるんです。そこに行きましょう」

俺は入ったことはない。というのも、いつも凄い行列で、並んで入るのが億劫だったから。

でも、今日はクリスと一緒だから、勇者特権で並ばなくてもいいか。

「この列なら、二十分待ったら入れますね」

「え？　待つんですか？」

「はい、並ぶ価値はありますから」

当然、という感じでクリスは答えた。

「クリスティーナ様は勇者なんですから、勇者特権を使えば並ばなくても入れるのでは？」

「スーさんにも前に同じことを言われました。でも、ほら、皆並んで待っているじゃないですか。

勇者の力って、横入りして食事をするためのものじゃないと思うんですよ」

「……クリスティーナ様って、損な性格だって言われません？」

「よく言われます」

恥ずかしそうにクリスが言う。うん、本当にバカ正直な勇者様だよ、お前は。

仕方がない、付き合ってやるか。

クリスの目算と違い、二十分経っても半分進んだ程度。この様子だとあと二十分は待たないといけない。

そう思っていたときだった。

「ひったくりだー！」

巨漢の男がこっちに向かって走ってきた。

手には鞄を三つも持っている。一度に三つも鞄を盗むなんて、豪気なひったくりだなぁ。

そう思っていたら、クリスが列から飛び出して、男の進路を塞いだ。

「止まりなさい！」

剣を抜かずに男を制しようとする。男は凄い形相でクリスに迫る。男の手にはナイフが握られており、そのナイフがクリスに振り下ろされた。

なにも知らない人が見れば、このあとは流血事件が起きると思うだろう。現に悲鳴も上がった。

だが、クリスは大男の腕を掴んで投げ飛ばした。そのときに男の手首を捻り、ナイフを落とさせている。

男が地面に仰向けに倒れ、クリスがナイフを拾い上げると、周りの人たちから歓声が上がった。

見事な制圧術だなぁ。でも、あの男は大丈夫か？

石畳の上で一本背負いされて……死んでいないか？

いちおう脈を確認しようかと男に近付くと、

「コーリーちゃん、ダメ！」

男が俺の首を掴んで起き上がった。あ、生きていたか。俺の身長が低いせいで地面に足が着いていないため、少し苦しい。

そして、隠し持っていたナイフを俺の首に突き付ける。

「おい、姉ちゃん。さっきはよくもやってくれたな！　いいか、そこを動くなよっ！　動いたらこの嬢ちゃんの首が――」

「せっかく心配してあげたのに――この仕打ちか」

俺はそう言い、男の腕を押しのけて着地すると、右足を掴んで上空に投げ飛ばした。

「なんだとぉぉぉっ！」

男が絶叫を上げる。

数メートルくらいしか飛ばなかったが、落ちてくる男を俺は左手一本で受け止め、

「クリスティーナ様、とりあえずこの人をギルドに連れていきましょうか」

俺がそう言うと、クリスは顔を引きつらせて「そ……そうですね」と呟いた。

やばいな、ちょっとやりすぎたか。

「……と思ったけど、重いので下ろしますね……あはは」

地面に下ろされた男は泡を吹いて倒れていた。

しばらくして、冒険者ギルドの職員が到着して、伸びた男を見てどうしたものかと話していた。

当然、俺たちにも事情聴取があるのかと思ったら、そこはクリスの勇者特権。

「ご協力感謝いたします！」

と言って、ギルドの職員は伸びた男を連れ、被害者の女性たちにも事情を聞くからと、一緒に冒険者ギルドへと向かっていった。

被害者の女性たちは、俺に一度「ありがとうございました」と礼を言って去っていく。

そして、残された俺を、クリスがじっと見詰めていた。

完全に怪しまれている。俺がコーマであること以前に、もしかしたら人間ではないと疑われているんじゃないだろうか？

ただ、力の神薬を飲み続けて、力が普通の人よりちょっと強いだけなのに。

ちなみに、力の神薬は四十本、反応の神薬は十五本飲んでいる。あぁ、もうこの世界に来て五十五日か、とか思ってしまう。

お陰で力は通常の人の四十五倍。九十キロの男も二キロ程度の重さに感じるくらいにはなっていた。

……さすがにちょっとやりすぎたか。

でも、俺はいまは女。女だ。

ここは最大限、女子力を使ってごまかしてやる。

「……あの、クリスティーナ様、私の顔になにか付いていますでしょうか？」

「いえ、コーリーちゃん、もの凄い力持ちなんですね……」

「……うっ、そうですよね。力の強い女の子って変ですよね……」

「そ、そんなことはないですよ！　私だってあのくらいやろうと思えば、うん、たぶんできますから」

「ありがとうございます。クリスティーナ様は優しいんですね」

よし、これでクリスはもう、俺の怪力に対して突っ込めなくなった。

次は話題を変えよう。

「ところで、クリスティーナ様、お昼ご飯、どうしましょう?」

「あぁ……並び直すにはちょっと時間がかかりそうですね」

パスタ屋の行列はさっきよりも長くなっている。

並び直したら一時間待ちは覚悟しないといけない。

「なら、寮に行きましょうよ。私が美味しい麺料理を作りますから」

「いいんですか?」

「はい。感想が欲しい料理があるんですよ。さっき助けてくださったお礼もしたいですし」

「では、お言葉に甘えますね」

こうして、ふたりで寮に向かった。

昼の少し前から一時間半ほど、寮の一階はレストランとして一般開放されている。

といっても、料理は朝に調理して、アイテムバッグの中に入れて保存してあるため、厨房で用意することはない。

アイテムバッグの中では時間が止まっているから、いつでも熱々の料理を出すことができる。

ちなみに、ここでのアイテムバッグは大皿料理でも取り出せるように、少し大きめに作って、盗まれないように据え置き型にしている。

今日のレストラン当番はシュシュのようで、彼女が注文を受けてカウンターまで料理を運び、会計までこなしていた。

セルフ式のため、食べ終えた客が食器返却口に食器を置いているが、なかには食器を戻さない客もいて、それを運ぶのもシュシュの役目だ。

レストランのためだけに人を雇ったほうがいいのでは？

「シュシュさん、厨房をお借りしていいですか？」

「いいよぉ。なにか作るの？」

「はい。あ、クリスティーナ様、座って待っていてください。ちょっと材料を持ってきますから」

俺は倉庫に戻り、アイテムバッグを取って厨房へと戻る。

いちおう、アイテムバッグはクリスに見られないようにしないとな。

そして、厨房に移動した俺は、そこから素材を取り出す。

俺はアイテムマスターを勝手に自称している。そして、そのアイテムのなかには素材が含まれる。

数多くのスパイスを含め、醤油などの調味料、小麦粉など。

これらを使い、俺はときどき和食を含めた、もとの世界の料理を再現する。

最近凝っているのは、この料理だ。

アイテムバッグから巨大な鍋に入ったスープを取り出し、魔力コンロで沸かし、その横でも鍋に入れたお湯を沸かす。

そして、特製のザルの中に、これまた特製のちぢれ麺を入れる。

麺を茹でている間に、唐草模様が描かれた器にたまり醤油とスープを入れ、そこに湯切りしたちぢれ麺を入れる。

さらに、ゆで卵、メンマ、チャーシュー、刻み葱を入れた。

完成！　自己流特製醤油ラーメン！

味は日本で食べていたものをだいぶ意識した。ちなみにラーメンという料理は、

**汁そば【料理】　レア：★★**
**熱々の特製のスープの中に麺を入れた料理。**
**寒い日に食べると美味しいけど、鼻水が出る。**

という説明になった。スープパスタと言われないだけマシか。

「お待たせしました、クリスティーナ様。コーリー特製汁そばです！」

「変わった料理ですね……うぅん、いい香り。これって、たまにこの店で使われるオショーユが入っているんですか？」

「はい、そうです。よくわかりましたね？　さすがは勇者様です」

醤油はラビスシティーではフリーマーケットにしか売っていない。錬金術でも作ることができるので、最近はクルトも作れるようにはなっているけれども、いまだに需要は高くはないので、それほど作っていないそうだ。

「お箸とフォークがありますけど、どっちを使います？」

「お箸……あぁ、コーマさんがときどき使っているものですね。あれは使いにくいので、フォークを借りてもいいですか？」

「はい。あとスプーンも置いておきますね」

といって、俺はレンゲをラーメンに添えた。

そして、クリスは俺が見守る中、ラーメンをフォークに絡めて一口。

無言で咀嚼したあと、レンゲでスープを掬って一口。

そして――

「はぁぁぁぁ」

幸せそうな顔で息を漏らした。

「美味しいです。こんな美味しい料理は食べたことがないです」

そう言ってクリスは一気に麺と具材を食べ、残ったスープもレンゲで掬いながら飲み切った。

「コーリーちゃんはきっといいお嫁さんになれますね」

「じゃあ、クリスティーナ様がもらってくれますか?」

「いいですね。じゃあ私がお婿さんですね」

そんな冗談を言って笑っていると、生唾を飲む声が聞こえてきた。

気が付くと、俺たちの周りに人の壁ができ上がっていた。

「おい、嬢ちゃん! そのしるそばだっけか? 俺たちも頼めるか?」

「僕もさっきご飯食べたばかりだけど、それなら食べられそうだ」

「くうっ、腹いっぱいなのにどうしても食いてぇ! 小サイズで作ってくれ」

一気に二十人前の注文が入った。

どうしたものかとシュシュに助けを求めたら、シュシュは笑顔で「お客様がお待ちですよ」と言った。さすがはメイベルの部下で同僚、商売熱心だ。

ははは……昼ご飯はお預けか。

結局五十人前を作り終えたところで、スープがなくなり完売。

客の要望により、レシピを紹介することにしたのだが。

麺やスープは可能だが、問題は醤油だった。とりあえず、醤油の作り方を記した紙を何人かに配ったが、ラーメンがもとで醤油工房ができ上がるとか、ネタすぎるだろ。

麹の問題があるのでは？　と思ったが、醤油がレシピで作れるということは、麹や醤油も、この世界のどこかにはあるんだろうな。

となれば、本格ラーメン屋が開業するのも、時間の問題ではないだろうか？

それにしても、結局お昼ご飯、食べられなかったな。お腹空いた。

「コーリーちゃん、お疲れ様でした。これ、食べてください」

「……サンドウィッチですか？」

ロールパンにハムと卵と野菜が挟まっている、ロールサンドだ。

「はい、コーリーちゃんが頑張っている間に作っていたんですよ。気付きませんでした？」

「クリスティーナ様って、料理作れたんですね。知りませんでした」

「そりゃ、作れますよ。私だって女の子なんですから。といっても、いつもはコーマさんが作ったり、この寮で誰かが作ってくれるものを食べているので、久しぶりに作ったんですけどね」

作った……ね。

パンはもともとこの寮に置いてあったものだから、パンの間にハムと卵、数種類の野菜を挟んだだけな気がするけど。

「ではいただきます」

俺は一口。うん、味が薄い。卵に塩も胡椒も入れていないな、これ。でも、ルシルの料理を食べさせられた経験を持つ俺から言わせたら、

「美味しいですよ。ありがとうございます、クリスティーナ様」

笑顔でこのくらいのお世辞を言えるくらいには美味しい。

「よかったです」

「でも、私が作ったほうが美味しいですから、やっぱりお嫁さん役は私ですね。挙式はいつにしましょう？」

「さっきの冗談じゃなかったんですか⁉」

「そんな……本気で告白して、受け入れてくれたと思って喜んだのに……うぅ、この悲しみを背負っては生きていけません。もう死ぬしか……」

「あぁ、コーリーちゃん、待ってください！　死なないで」

「じゃあ、結婚してくれます？」

「えっと……その……ええと、わかりま――」

「クリスティーナ様。そんなことで結婚のＯＫを出したら、将来たちの悪い結婚詐欺師に騙されま

すよ」

「あ、コーリーちゃん、騙したんですね！」

「普通は騙されませんよ」

俺は笑いながら、味の薄いサンドウィッチを食べた。こういうときに使う褒め言葉は、「素材の味が生きていて、とても美味しいです」だ。そう言われたら、あまり料理を褒められたことがないのか、とてもにやけている。

そのあとも、パンの中のほのかな甘みを探り出しながら、楽しい時間を過ごした。

クリスは用事があるからと出ていったので、俺も店に戻ったが、午後になっても客足が途絶えることはなかった。

俺は学者風の男に捕まって、剣の説明をさせられていた。

「こちらの剣は鋼鉄という素材が使われています。炭素を僅かに含むことにより、鉄よりも強い素材に仕上がっています」

「……不純物を含むと強くなるのか……ところで、こちらの剣も鉄の剣なのか？　銀のような輝きを放っているが」

「こちらは鋼とは違い、ほぼ百パーセントの高純度の鉄でできています。鉄から可能な限り不純物を省くことで、このように輝き、さらに強靭に、錆びにくく、また寒さにも強くなります」

「なんと、鉄にそのような性能があったとは……これは驚きだ」

はい、俺も知りませんでした。

鉄って不純物があったら強くなって、不純物がなければ弱くなるのに、さらに不純物をなくせば最高の素材になるとか、面白いよな。

なんとなく、高純度鉄っていうのがレシピにあったから作ってみたら、できましたってだけの素材だった。

鉄から一通りの装備や道具を作り終え、どうせ不純物のない鉄だろうとか思って期待せずに作ったら、思ったよりいい素材ができて驚いた。

**超高純度鉄のインゴット【素材】　レア：★★★★**
**不純物を可能な限り減らした鉄のインゴット。**
**強靭であり、錆びにくく、熱の変化にも強くなった。**

ちなみに、この超高純度鉄、金のように延びやすい性質を持つため、叩いて延ばして鎧や盾にすることもできる。

「どのようにこの鉄を作ったのか、教えていただけないだろうか？」

「すみません。鍛冶師の秘術としか、私たちも知らされておりません。ただ、これを買って研究する分には自由にしていいと、鍛冶師が申しておりました」

「なるほど。では、この二本の剣をいただこう」

「ありがとうございます。では、お包みいたしますね」

「いや、このままで結構。早速本国に持ち帰り、解析させてもらおう」

超高純度鉄の剣は金貨十枚もするのに、男は迷わず購入して帰っていった。

材料費は銅貨一枚なのに、なんか悪いなぁ。

でも、あの剣が普通に量産できるようになったら便利だろうな。

「コーリーちゃん。悪いんだけどクルトくんの工房から、でき上がった薬をもらってきてくれないかしら」

メイベルから声がかかった。

彼女しか聞こえないように、俺は問いかける。

「クルトはもう帰っているのか？」

「ええ、コーリーちゃんが汁そばを作っている間に」

そうか。まぁ、弟子の成長を見るのも師匠の役目だしな。

俺が見ていたら緊張するかもしれないが、いまは人畜無害な女の子。クルトのプライベートを覗き見するか。

不敵な笑みを浮かべ、俺はクルトの工房へ向かった。

ノックをすると、クルトから返事があったので、扉を開けた。

「はじめまして、今日だけ臨時で働くことになった、コーリーと申します」

「クルトです……あ、よろしくお願いします」

クルトは照れた様子で頭を下げた。うむ、ウブな反応だ。

「あの、メイベルさんから薬を預かってくるように言われたんですが」

「はい。あっちの箱に入っているものですけど、持てますか？」

「ええ、ちょっと重いけど運べます」

さっき、大男を持ち上げて失敗した経験が、ここで生きた。

俺はいまは可憐な女の子、ここで軽々と持っていくわけにはいかない。

「よかったら僕が手伝いましょうか？」

「いえ、クルトさんはいま、解毒ポーションを作っているんですよね。邪魔しちゃ悪いです」

「え？　どうして解毒ポーションを作っているって、わかったんですか？」

やば。毒消し草の粉末が入っているから、解毒ポーションを作っていると言ったんだが。

考えたら、錬金術師でもない俺が、作っているアイテムを知っているのはおかしいのか？

毒消し草さえわかったら、解毒ポーションだって予想がつくだろう。

むしろ、これはちょうどいいんじゃないか？

「実は私、錬金術に興味があって、いろいろ勉強していたんです。あの、もしよろしければ、クルトさんの作業を見せてもらっていいですか？」

「あ、うん。大丈夫です」

よし、これで堂々とクルトの成長具合を見ることができる。

「アルケミー！」

クルトが叫ぶと、毒消し草の粉末とポーションの入った瓶が淡い光に包まれた。

うん、速度が上がっている。だが、ここからだとちょっと瓶の中が見えにくいなぁ。

俺は立ち上がり、クルトの座っている椅子の横に座った。

アンちゃんが座ってもいいように、ふたりがけの椅子を用意したからな、俺が座っても余裕だ。

よし、ここからならよく見える。

「あ、あの……」

「どうしました?」

「い……いえ、なんでもないです」

クルトはなにか言おうとしたが、口を噤んだ。

もしかして、俺だとばれているのか?

……うん、ここは女の子らしく、

「綺麗な光ですね……」

そう呟くと、クルトも頷き、

「うん、僕もこの光が好きなんだ。僕がここにいる証明だから」

「……クルトさんがここにいる証明?」

「うん。僕はもともと犯罪奴隷だったんだ」

やば、語りモードに入った。あの話を二回も聞くのは勘弁だ。

「……それ、重い話ですか?」

「うん、ちょっと重いかな」

嘘つけ、重すぎるだろ。

「じゃあ話さなくていいと思います。大切なのは、クルトさんがここにいて、なにをしているかってことだから」

「……え？」

「だって、クルトさんはいま、薬を作って多くの人の命を助けているんですよね。なら、過去にどんな罪を犯したとしても、関係ないですよ」

身の上話を回避したいからって、ちょっと無茶なことを言ったかな？

実際、クルトはきょとんと俺を見てるし。

と思ったら、こいつ、笑いやがった。

「あはは、笑ってごめん。コーリーさんが、僕の師匠みたいなことを言うからさ」

「……クルトさんの師匠さんですか？」

それって、俺のことだよな？

俺、そんなこと言ったかな？　いつも思ったことを思ったまま言っているから、自分がなにを言ったのかなんて覚えていない。

「うん、僕の憧れの人だよ。あの人みたいになるのが、僕の夢だから」

俺みたいになりたい……か。

お前の頑張りを一番傍で見てきた俺だから、確実に言えることがひとつある。

「きっと、クルトさんならなれますよ」

「……ありがとう」

クルトは少し恥ずかしそうに、俺に礼を言った。

淡い光が消え、ポーションと毒消し草は、解毒ポーションへと姿を変えた。

うん、速いし性能もよさそうだ。これなら抜き打ちテストも合格だ。

途中で、ちょっとぎこちない部分もあったが、それも補ってあまりある出来映えだしな。

「あ、そろそろ帰らないと、店長に怒られちゃう」

俺はそう言って立ち上がり、木箱を重そうに持ち上げて、

「じゃあ、クルトさん。また遊びにきていいですか?」

「うん、いつでも来てください、コーリーさん……待ってますから」

こうして、俺は店へと戻っていった。

そして、ようやく閉店時間が訪れる。

「今日一日ありがとうございました。短い間でしたが、とても楽しく働けました」

俺がそう言うと、皆から拍手された。

そのあと送別会に誘われたが、乗合馬車の時間があるからと断った。

送別会のあとに、そのまま皆でお風呂に入る流れになったりしたら困るからな。

性転換モノのお約束だが、メイベルに俺の正体を知られている以上、ここは涙を呑んで諦めよう。

最初から考えていた言い訳だったが、それなら仕方がないと皆諦めてくれた。

「コーリーちゃん、これ。今日のお給料と、例のものです」

風呂敷に入ったそれは、俺の着替えと性別反転薬だ。

「ありがとうございます、メイベル店長。とてもいい経験ができました（じゃあ、また明日な）」

「それはよかったです。故郷に帰っても頑張ってくださいね（はい、また明日お会いしましょう）」

こうして、俺の一日女性体験は終わったのだが――

もとに戻るのを忘れて、そのまま魔王城に帰ってしまった。

「コーマ様、なんて格好をしてるんですか？」

「コ、コーマ……ぷぷっ、コーマ、そんな趣味があったの？」

コメットちゃんが戸惑い、ルシルには爆笑された。

「うるせぇ、事情があるんだよ」

俺は悪態をついて、上着を脱いでブラを外し、男物の上着を着て、スカートの下からズボンをはいて、性別反転薬を飲んだ。

ようやく男の姿に戻れたわけだが。

「でも、なんでふたりとも俺だってすぐにわかったんだ？」

そりゃ、ここに来られるのは俺くらいだけど、いままで誰にもばれなかったのに。

「勿論、好きな人だからです！　と言いたいんですが、匂いでだいたいわかりました」

なるほど、さすがはコボルトだな。

でも、男と女って匂いが違うんじゃないか？　そのあたりも嗅ぎ分けられるものなのか。

「じゃあ、ルシルも匂いで？」

「コーマだからよ。それ以上でもそれ以下でもないわ」

……あぁ、そうですか。

ありがとうございます。

それにしても、どうするかな。

パンツ……どこで男物に着替えようか。

かなり窮屈なんだけど。


「クルトお兄ちゃん、星空を見てるの？」

アンが話しかけてくる。

僕はアンの頭を撫でて、「そうだよ」と呟く。

星空……黒の中に輝く光を見ていると、笑顔の素敵な黒髪の彼女のことを思い出す。

「……コーリーさん」

また会えるといいな。

僕は誰に言うでもなく、彼女の名前を呟いた。

# スライム作製談②

イチゴスライム【魔法生物】　レア：★★★
イチゴ味の赤いスライム。
食用にもなるスライムなので、大人気。

「カリーヌ、本当に食べられたいって望んでいるのか？」

「うん。この子、お兄ちゃんに食べてもらいたいんだって」

そう、このスライムは俺に食べてもらいたがっていた。核さえ潰さなかったらすぐに再生するスライムだけど、食べるのは初めてだ。

「……じゃ、じゃあちょっとだけな」

俺はスプーンで掬い上げて、一口食べた。

お、イチゴゼリーの味がする。これは美味しい。

「美味しいな」

俺は笑って言った。

美味しいけれど。

（でも、地面に落ちたゼリーを食べていると思うと、衛生上悪い気がするな）

そのあとも腹痛は起こさなかったけれど、俺は好んで食べようとは思わなかった。

**ライスライム【魔法生物】　レア：★★★**
**雷成分の力を持つスライム。**
**いつも静電気がビリビリとしている。**

名前から、ご飯《ライス》に関係があるのかと思ったけれど、普通に雷《らい》スライムだった。まぁ、材料が静電気を帯びやすい石だったから、そうだろうとは思っていたんだけれども。

「コーマ。このスライム、靴の中に入って移動しているのよ。しかも畳の上でも」

「コーマ様。このスライムさん、魚よりも牛肉ステーキが食べたいと」

「コーマお兄ちゃん。この子、お茶よりもコーヒーがいいんだって。コーヒーってなに？」

ルシル、コメットちゃん、カリーヌから、そんな話が飛び込んできた。

……あぁ、そういうことか。

こいつ、やっぱり、ライススライムだった。

というか、米国《アメリカ》スライムだった。

「……アイスライムといい、なんで俺が作るスライムって、ギャグ系が多いんだ」

# 第三章　料理大会は死の香り

コーリーちゃん騒ぎの翌日。

俺とクリス、スー、シーの四人は、ラビスシティーの南の門の前にいた。

遠くから見たことは何度もあったが、近付いてみると、監獄のように高い壁だということを、改めて認識させられる。

この町の最大の資源である魔石の違法持ち出しを、心配してのことだろう。

「そんなに多いのか？　魔石の密輸って」

「多いわね。例えば、そこに川があるでしょ？　最近まではあんな柵がなかったの。川は地下に流れ込んでいて、地上に出るまでは最低五キロは潜水しないといけないから。でも最近、フリーマーケットで売り出されたエラ呼吸ポーションを使って、密輸する犯罪者が続出してね……かなりの遺体が下流で発見されたそうよ」

「死んでいたのか？」

あの薬は俺も使ったことがあるけれど、一度飲めば普通なら溺れ死ぬことはないはずだ。水温が低すぎたら体温の低下によって体が動かなくなり、薬の効果が切れて死んでしまうこともあるだろうが、年中暖かいこの地域の気候を考えると、いくら地下に流れ込む水でも、そこまで冷たいとは考えにくい。

「魔石を持ちすぎて、浮かび上がれずに時間切れになった奴とか、なかにはフリーマーケット以外の店で紛いものの薬を買ってしまって、普通に溺れ死んだ奴もいるみたいだよ」

「……あまり気持ちのいい話じゃないですよね」

クリスはそう呟くと、朝日に照らされて輝く川に黙祷を捧げる。

その顔は本当に、顔も知らない人の死を悼んでいるように思われた。

「お金がなくても幸せはあると思うんですけどね。私がコーマさんに出会えたのだって、剣を買うお金がなかったことが原因ですし」

「俺と出会えたことを幸せのひとつとカウントしてくれることは、少し意外だったし素直に嬉しいと思うけど、俺への借金があることは忘れるなよ」

「わかってますよっ！　ちゃんと返しますからっ！」

クリスが、「せっかくいいことを言っているんですから、素直に感動してください」と、俺と同レベルの身も蓋もないことを言ってきたけれど、それは無視した。

そして、門を出ることに。

しかし、そこで思わぬ問題が起きた。

「凄い行列だな……町から出るのにこんなに並ばないといけないのか」

「え？　開門時間はこのくらい、いつものことですよ。手荷物のチェックがありますから。コーマさん、知らなかったんですか？」

知らなかった。でも、ここで俺が知らなかったと素直に言うのはマズイか。俺はラビスシティーに関してもあまり詳しくないから、この町の生まれと言い張るには無理がある。この町以外の出身なら、誰しもこの列に並んだことがあるわけか。

だから、俺は嘘をつくことにした。

「そういえば、町に入るときもこのくらい並んだな」

「……町に入るときはそんなに並ばないよ？」

シーからのツッコミが入る。

そうか、魔石の密輸は中から外に出るときに行われるから、当然チェックが厳しくなるのも町から出るときのみ。行列ができるのも町の内側のみになるわけか。俺としたことが、クリスみたいなバカな間違いをしてしまった。

「勇者試験の時期に合わせたから、たまたま混んでたのかな」

俺がはぐらかすように言うと、クリスだけは、

「あぁ、そういうことなんですか。わかります、わかります」

と素直に笑ってくれた。どこか辻褄の合っていないであろう言い訳だったが、スーとシーも深くは追及してこなかった。

「じゃあ、並ぶか」

「なに言ってるのさ。勇者特権があるんだから、門の外に出るときは簡単な手荷物チェックのみだよ。魔石も一キロまでなら、月に一度限定で持ち出し自由だしね」

「「……え？　そうなの？」」

俺とクリスが同時に尋ねた。

「コーマはともかく、なんでクリスが知らないの？　講習で説明してたでしょうに」

スーはジト目でクリスを見ると、やれやれと呟いたのだった。

本当にチェックは簡易の手荷物検査のみ。アイテムバッグの中身に至っては、自己申告のみで済んだ。こんなんじゃ勇者が共犯者だと密輪も楽だろうなと思ったが、もしも勇者が密輪に協力、もしくは実行していた場合、最悪勇者資格の抹消もあり得るので、通常、勇者は絶対に密輪に協力したりはしないそうだ。

手荷物検査も、いつも簡易のチェックのみというわけではなく、忘れた頃に厳しくチェックされることがあるらしい。俺も注意しないといけないな。

竜車というのは、竜が引く馬車のようなものだと思っていたが、どうやら間違いのようだとわかった。

なぜなら、馬車は馬が引くものなのに対し、竜車は竜に乗るものだったから。

車輪も付いていないのに、車というのはいかがなものだろうかと思うが。

「え？　コーマさん、地竜《ランドドラゴン》を知らないんですか？」

「俺は基本走ったほうが速いからな。乗り物とか、あんまり乗ったことがないんだよ」

四本足で地面を走る地竜《ランドドラゴン》。その背中の上に円形の座席があり、俺たちはそこに座っていた。

この地竜《ランドドラゴン》の凄いところは、背中の上の座席が、まったく揺れないことである。

なぜかというと、なんでも地竜《ランドドラゴン》は生まれたばかりの子供を背中に乗せて運ぶ習性があるため、子供のために背中を揺らさない走り方をマスターしているとか。

ただし、巨体なので森の中や町の中には入れないのが難点らしいが、草原の国、コースフィールドでは、これ以上快適な乗り物はない。

ちなみに、地竜《ランドドラゴン》は竜の名前を持つが、どちらかといえばトカゲに近い種族らしい。

乗り物といえば、いつか「魔法の絨毯」を作ってみたいと思っていたが、乗り心地だけでいえば、こっちのほうが上だと思う。

ふと、視線を草原に移し、俺はあるものを見つけた。

「シー、止めてくれ」

「……わかりました」

シーが俺の頼みを聞いて竜車の手綱を引いた。

よく調教された地竜《ランドドラゴン》はゆっくりと停止する。

そして、完全に停止したのを確認して、俺は地竜《ランドドラゴン》から飛び降りた。

「またかい、コーマ」

スーが呆れたように尋ねた。

「あぁ、まただ」

俺はそう言って、足元に生えた草を、茎を折ってしまわないように、根が抜けてしまわないように、慎重に採取する。

**クサラクサ【素材】　レア：★**
**根っこが胃腸薬の材料となる草。**
**見た目はただの草だが、根っこが赤いのが特徴。**

根っこが赤？　白色じゃないか？

そう思ったが、根の表面を剥いたら赤色になった。

どうやら鑑定さんは今日も絶好調のようだ。

「私にはただの雑草に見えるんだけどね」

「……悪いな、初めて見る草なんで、少し採取しておきたい。それに、雑草なんて名前の草はこの世界にはないぞ。これだってクサラクサっていう立派な名前があるんだから」

とはいえ、俺の鑑定スキルだと、レア度が【★】に満たないものは鑑定できないので、それらが雑草といえば雑草なんだが。でもたまに、レア度が【★】に満たない草も薬の材料になったりするから困ってしまう。

「私たちにくれた薬は、本当にコーマが作ったもんじゃないのか？」

どうやらスーは、アルティメットポーションを作ったのが俺ではないのか？　と疑っているようだ。

「ああ、俺も多少は薬を作れるが、あの薬は断じて俺が作ったものじゃない」

聖杯から勝手に湧き出たものだ、と心の中で付け足しておく。

クサラクサを五本ほど採取したところで、地竜《ランドドラゴン》に飛び乗った。

そして、アイテムバッグの中に入れた。

「まぁ、急ぐ旅じゃないからいいよ。明後日までは、この先のシメー湖にある島に滞在するつもりだがね」

「シメー湖にある島？」

シメー湖……変わった名前の湖だな。

ちなみに、その湖に浮かぶ島の名前はシメー島というらしい。これまた変わった名前だ。

「シメー島ですか、楽しみですね」

「クリスは知っているのか？」

「はい、そこにある町はコースフィールドの中央に位置する町で、そのため交易の中継点なんです。だから、さまざまな食材が世界中から集まって、美食の町ともいわれているんですよ」

湖に浮かぶ島か。そういえば、琵琶湖で釣りをしたときに沖島に行ったが、あんな感じの島かな？

「順調にいったら今日の昼、いまみたいに寄り道してても夕方には着くよ」

「そう言ってもらえると助かる……お、あの花は……」

俺は思わず走る地竜《ランドドラゴン》の背から飛び降りた。

**ミズハスミレ【素材】　レア：★★**
**水の力が込められたスミレの花。**
**この花を一輪食べれば、一日水を飲まなくても平気だという。**

「ミズハスミレだね。昔は旅人が非常用に持ち歩いていたそうだよ」

「へぇ……有名な花なのか」

「……いまは誰も食べませんけど」

シーが説明してくれた。ミズハスミレの中の寄生虫が問題となり、いまでは誰も食べなくなったそうだ。

火を通せば寄生虫を死滅させることができるが、そうすれば内包する水の魔力も失われてしまい、非常用の水としての意味がなくなるという。

それで、町でも見かけないのか。

綺麗な花だから、花屋で売っていてもおかしくない気がするんだが。でも、これはいいものを拾った。なぜなら、脳内のレシピにあれが追加された。

【流水の巻物】

おそらく、水魔法が使えるようになる魔法書だと思う。

これを作るのは魔王城に帰ってからだな。

とりあえず、ミズハスミレを摘めるだけ摘んでいき、アイテムバッグに入れた。

俺の索敵スキルが反応した。大きな魔物が近付いてくる。

そのときだった。

「クリス、スー、シー！　魔物が来るぞ！」

「魔物って、こんな見晴らしのいい草原に魔物なんて……」

確かに、あたりを見回しても魔物の姿は見えない。

大きな魔物だから、草の中に隠れているとは思えない。

もしかしたら、土の中を動くワームのような魔物かと思ったが、そうじゃない。

「上だっ！」

雲の間から影が現れた。

それは、空を飛ぶ竜の姿だった。

「ワイバーン……いや、違う、翼竜だ！　まずいぞ、シー、クリス、コーマ！　すぐに岩陰に――」

スーが言うが、俺はアイテムバッグから轟雷の杖を取り出した。

「《雷よ》っ！」

そう叫んで杖を振るうと、空から雷が降り注ぐ……いや、雷が空へと舞い上がった。

それこそ昇竜のように。

そして、雷は翼竜を飲み込み――次の瞬間、ドサリと竜の死体が大地に落ちた。

「…………………」

「…………」

スーとシーが、口を開けて呆然と天を眺めていた。そのふたりを見て、クリスが苦笑している。

地竜《ランドドラゴン》に至っては、口を開けて、ほとんど開いていなかった目を、飛び出るんじゃないかというほど見開いていた。

お前もドラゴンの名を持つんだから、そんなに驚くなよ。

俺は落ちた死体を、プラチナのナイフで解体していく。

**翼竜の鱗【素材】　レア：★×五**
**翼竜の鱗。高い魔法耐性を持ち、鉄よりも硬い。**
**そのため、加工して防具に利用されることが多い。**

おぉ、いいアイテムじゃないか。

魔法に耐性があるのか。轟雷の杖の雷は魔法じゃないから、普通に通用したのだろう。

ほかにも翼竜の肉や翼竜の翼など、珍しいアイテムを手に入れ、アイテムバッグに入れていく。

解体が終わったところで、スーとシーがようやく正気を取り戻した。

「……コーマ、いま、いったい翼竜になにをしたんだい？」

「なにをしたって、翼竜が弱そうだったから、見ての通り殺したんだけど。もしかしてまずかったか？」

もしかして、竜を神聖視する文化でもあるのだろうか？　だとしたら大問題だと思ったが、そういうことは一切ないらしい。

診察スキルで翼竜のＨＰを見たら、【９８４５／９９８０】だった。一角鯨のＨＰの四千分の一にも満たない。

それに、空飛ぶ魔物は雷に弱いって相場が決まっているしな。

「弱そうって……翼竜はただでさえ高い体力を持つっていうのに」

高い体力？

ん？　そういえば、俺のＨＰはようやく１０００に届いたところだった……クリスも６００程度。スーとシーは３５４と２９８……。

俺はここで認識を改めないといけないのかもしれない。

「もしかして、翼竜ってかなり強い魔物なのか？」

俺の問いかけに、ふたりは黙って頷いた。クリスが小さな声で、

「一角鯨ほどではないですけどね。下手をすれば、国の軍が出動して全滅させられてしまうレベルの怪物です」

と教えてくれた。

俺は轟雷の杖を見る。杖を持つ手が少し震えていた。

アイテムクリエイトで作った武器の威力の高さを評価しないといけない。改めてそう思った瞬間

だった。


「さすがは私が見込んだ男だよ」

翼竜を倒したあと、スーとシーの俺に対する評価は鰻登りだった。

もともとは、いい薬を持っている、少し体の動きがいいだけの鍛冶屋みたいな評価だったが、さらに絶大な魔力の籠もった杖の持ち主という設定が加えられた。

「本気で私の従者にならないかい？　悪いようにはしないよ」

「スーさん、私の横でコーマさんを口説かないでくださいよ」

現在、御者席にはクリスが座っているため、俺は口説かれ放題だ。

「いいだろ、クリス。誰の従者になるのかはコーマの自由意志さ。なんなら私たちふたり、姉妹揃って」

「お姉ちゃんっ!!」

うおっ、びっくりした。

スーの隣にいたシーが大きな声を上げた。

いつも小さい声で話しているから、大きな声は出せないかと思っていた。

スーは、申し訳なさそうに「なはは」と笑っている。

「それで、その牙はどうするんだい？」

「ああ、どうしようかな」

翼竜の牙【素材】　レア：★×六
　翼竜の牙。鉄よりも硬く、武器の素材になる。
　また、その硬さのわりにとても軽いのが特徴。

　地竜《ランドドラゴン》の上で、俺たちは戦利品を眺めていた。

　落ちてきた翼竜の牙だ。

　生え代わりのときに剥がれ落ちるため、運がよければ拾うことができる竜の鱗と違い、竜の牙は実際に竜を倒さないと手に入らないため、その希少性は鱗の比ではない。

「でも、本当に俺がひとりでもらってもいいのか？」

「いいんだよ。あんたがひとりで倒したんだし。それに、素材なんてもらっても、私たちじゃ売るしか使い道がないしね」

「……竜の素材を扱える鍛冶屋さんに知り合いはいないから」

「コーマさんならきっといい武器を作ることができるでしょ？」

　あぁ、竜の素材って鉄よりも硬いうえに火への耐性が強いから、確かに通常の手段だと加工ができないって聞いたことがあるな。

いちおう鍛冶屋を名乗っているわけで、いろいろと勉強した。だから、そのあたりは理解できている。

「そうか。じゃあ、俺がふたり用になにか作ってみるよ」

「できるのかい？　そりゃ、ありがたいけどさ」

「……お金、あまりないよ？」

「金はいらないよ。武器を作るのは趣味みたいなもんだし。どんな武器がいいか教えてもらっていいか？」

「そうだねぇ。私は基本、どんな武器でも使えるよ。前に斧も使っていたし。でも、できれば扱いにくい武器のほうが好きだね。まぁ、男は純情で扱いやすいほうが好きなんだけどさ」

スーはそう言うと、俺の横に体を密着させてくる。

「……私は真っ直ぐな武器がいいです」

シーはそう言って、俺の横、スーが座っている席の反対側にちょこんと座った。

まさに両手に花の状態だ。

「コーマさん、私の武器はなにを作ってくれるんですか？」

「クリスは前を見て走れ。お前は武器を買う金を持っているのか？」

「無料で作ってくれるんじゃないんですか⁉」

「お前は俺のご主人様だからな。特別料金だよ！」

「そんな特別は嫌です！」

そんな会話をしながらも、翼竜に遭遇してから三時間くらい経過した頃だろうか。

ほかの地竜《ランドドラゴン》や、馬車の姿がちらほらと見えてきた。

俺たちと同じ場所を目指しているようだ。

そして、それが見えてきた。

綺麗な湖と、湖の上に浮かぶ島。

そして、島から陸地へと延びる大きな橋。

あれが、シメー湖に浮かぶ、シメー島か。

「美食の島、シメー島。湖の周りに畑や果樹園が見えるだろ？　あれは湖の水で育てられているんだけど、水の栄養がいいのか、ここで採れる野菜や果物は、全部いい品質なんだよ」

「へぇ、ついでに湖では美味しい魚が獲れるのか？」

「そういうこと。あと、ラビスシティーから近いお陰で、生活魔道具の普及率も高くて、料理関係の魔道具の多さはラビスシティー以上だよ」

「普及率が高いといっても、一般家庭では十パーセントにも満たないけどね」と、スーが付け加えた。

そして、島へ通じる唯一の橋の前に近付いたところで、その列に驚いた。

橋を渡るための順番待ちで、日が暮れてしまいそうだ。

先に俺たちは橋の近くにある竜車小屋へと向かい、地竜《ランドドラゴン》を預けた。

そして、歩いて橋に行き、

「スー様とクリスティーナ様、そして従者の皆様ですね。お待ちしておりました。どうぞお通りください」

勇者特権で順番なんて関係なく町の中に入れた。

さすがにズルいんじゃないか？　と思ったが、

「いや、この島へは町長の依頼で来ているからね。このくらいは当然だよ」

とスーが言う。へぇ、名指しで依頼が来ているのか。

クリス宛てには、そういうのはあまり来ていないはずなんだが。

長蛇の列を横目にしながら歩いて橋を渡り、入島受け付けへと向かう。

若い女性が受け付けをしていたのだが、そのマルメガネを見て、俺は首を傾げた。

**料理能力測定眼鏡【魔道具】　レア：★★★**
**相手の料理能力を測定する眼鏡。**
**数値が高いほど、料理人として実力があることになる。**

なんでこんなものが？

そう思っていたら、

「こちらに名前を記入してください」

受け付けのお姉さんがスーにペンを渡す。スーはそこにスラスラと四人分の名前を書いた。

そして、それをチェックしたお姉さんは、俺たちにそれぞれカードを渡した。

そのカードには、名前と数字が書かれていた。

「こちらが島での身分証明書になります。なくさずにお持ちください」

この数字って、やっぱりあれなんだよな。

「へぇ、コーマ、凄いじゃないか。料理能力４８００か」

「料理能力って、料理が上手いかどうかだよな？　なんで身分証明書に、こんな数字が書いてあるんだ？」

スーの料理能力は９２０、シーの料理能力は３１５９、クリスの料理能力は意外と普通で７００くらいだった。

「この島は美食の島だからね。島民全員に料理能力を向上させるために、料理能力を開示しているのさ」

「へぇ、ところ変わればってやつか」

ちなみに、島外の人の平均料理能力は８００、島民の平均料理能力は１８００、島の中で料理屋を出している人の平均は３０００らしい。

それを聞くと、シーの料理能力が高いんだなと思う。数字だけで、まだ食べてもいないんだが。

「一度、シーの料理を食べてみたいな」

「……うん、コーマ様が望むなら毎日でも」

毎日は食べられないよ、ハハハ。

……イヤ、さすがに俺でもわかるよ。シーがあからさまに俺を口説きにかかっていることは。

むしろスーよりも積極的じゃないだろうか？

なんで好意を持たれているのか、まったく理解できない。

シーと会ったのは、前の食事のときを除けば、シーが重傷を負って瀕死の状態だったところを、アルティメットポーションで助けたときだけなのに。

命を助けて惚れられるとしたら、日本で一番モテる職業は外科医になる……いや、医者はモテる職業だけど。

門をくぐると、町の中はお祭り騒ぎだった。

勇者試験のときのラビスシティーといい勝負、いや、食べ物関係の露店の数だけでいえば、ラビスシティーの比ではない。

四年に一度の料理大会が開かれるとかで、観光客も多く押し寄せているのだという。

「で、私とクリス、シーはこれから料理大会の警備主任の仕事に行くんだけど、コーマはどうする？」

「大会の警備主任？　勇者の仕事なのか？」

「勇者が警備主任をしていると聞いたら、大会の見物客は安心するだろ？」

あぁ、勇者の名前を利用したいというわけか。

俺も本来は手伝うべきなんだが――

「じゃあ、俺は工房を借りて、スーとシーの武器を作っているよ。取れたての素材のほうが、いい武器ができるからな」

「そうか。じゃあ、明日の大会はコーマも見にきなよ。あと、用事があったら大会本部にいると思うから。いちおう待ち合わせ場所は、明後日の正午にこの場所ってことで」

大会本部の場所を印した地図を受け取り、

「わかったよ。最高の武器を作るから待っていてくれよな」

「コーマさん、私の武器は⁉」

「気が向いても作らないから安心しろ」

「安心のしようがないですっ！」

そんな会話が続き、スーとシー、クリスとはここで別れた。

武器を作るため……なんかじゃない。

美食の町、観光にぴったりじゃないか。

どこか人目に付かない場所で、持ち運び転移陣を使い、ルシルたちを呼び寄せるか。

そう思って、俺はひとりで町の中へと入っていった。


持ち運び転移陣を設置する場所を確保するために宿屋を探した俺だったが、どこもかしこも満室だったため、俺は皮肉にも不動産屋から貸し工房を借りることにした。

宿代に比べたらかなりの割高なうえに、ベッドもないので寝るのには向かないのだが、まぁ睡眠は魔王城で取ればいいということで、問題はないだろう。

町外れの工房……最近まで別の誰かが借りていたのか、それとも不動産屋の手入れがいいのか、埃がほとんどない部屋だった。

その奥の一室、玄関とは別の鍵をかけられる、倉庫のような一番頑丈な部屋に俺は持ち運び転移陣を設置し、魔王城へと転移した。


刹那——そこは天国だった。

着替えを行っているルシルがそこにいた。

ルシルはスカートを半分下ろしていた。

**魔蜘蛛絹の下着【雑貨】　レア：★★★**
**魔蜘蛛の糸から作った布素材の下着。**
**ただの布きれと思うなかれ。はき心地がとてもいい。**

つまり、久しぶりのご対面というわけだ。

あれから俺もいろいろと勉強した。

この世界でも、一般的に下着に使われているのは麻なのだが、はき心地はそれほどよくなく、評判もあまりよくない。ちなみに、メイベルが俺に買われた直後にはいていたのが、この下着だったな。

それより人気があるのが、木綿の下着。吸水性が高く、汗をかく夜にはいいんだけれども、しかし、吸水した汗が乾きにくいという欠点も存在する。値段も麻の下着より高い。

それよりさらに高いのが、魔蜘蛛糸で紡がれた下着だ。

蜘蛛の糸というのは、十分な手入れをしたら金色に輝き、絹以上に滑らかな素材になるものもあるそうだ。なかでも魔蜘蛛の糸は色こそ白色だが、とても柔らかく伸縮性のある糸であり、鉄よりも頑丈でありながら軽くてはき心地がいい。

吸水性も高く、保湿性も高いのに、放湿性も高い。まさに三拍子揃っていて、絹が持つ扱いにくさもない。

ただし、魔蜘蛛の糸で下着分の量を確保しようとしたら、一匹の魔蜘蛛が吐く糸を五十年分、つまり百匹飼っても魔蜘蛛が吐く糸を半年も集めないといけないそうだ。

アイテムクリエイトを使えば、少量の糸からこの魔蜘蛛糸の下着を作ることができるんだが、そう考えて見ると、この魔蜘蛛糸の下着というのはやはり、職人の血と汗と涙の結晶というわけなのだろうな。

ある種の芸術品である。

美術館に飾っていてもおかしくないそれは、だが、ここでしか見ることができない。

アイテムマスターを自称する俺は、しっかりと目に焼きつけないといけない。

それは義務であり、責務であり、この感動を後世に伝えるという使命なのだ。

縫い目には金色の糸が使われているのか。おそらく、あれこそが先ほどいった黄金蜘蛛の糸。

魔蜘蛛糸から作られた布の縫い合わせに黄金蜘蛛の糸を使うのはどうかと思ったが、でもこうしてみると、組み合わせとしてはいい。

シンプルすぎるデザインの中に、気品を漂わせる。

さて、俺は思うわけだ。

ここまでじっくり芸術作品を堪能させてもらったからには、そろそろ代金を払わないといけない。

代金、ツケともいうべきそれは、もう俺の眼前まで迫っていた。

「いつまで見てるのよっ！」

ルシルのグーパンチが俺の頬を捉えた。


「というわけで、美食の町に行くぞ」

「なにが、というわけよ！　早く出ていきなさいよ！」

「な、まだ着替え終わっていなかったのか！」

おかしい。ちゃんと場面転換のマークを挟んだから、場面が変わったんじゃないのか？

「コーマがいるところで着替えられるわけないでしょ！」

仕方がなく、俺は転移陣で貸し工房に戻る。

仕方がなく待つこと十分。

通信イヤリングでルシルから許可が下りたので、俺は再び魔王城に戻った。

「……あれ？　ルシル、着替えたんだよな？」

「ええ、着替えたわよ」

「……服、変わってなくないか？」

「服を全部脱いで、浄化魔法で綺麗にしただけよ。私、この服しか持っていないから。服を着たままだと浄化のイメージが付きにくいのよ」

いっぱい持っていた服は前の魔王城と一緒になくなったから。

とルシルが付け加えた。

「……服を全部脱いで？」

それは下着を含むということか？

そうか……そうなのか。

「コーマ、なんで血の涙を流しているのよ！」

「いや、なんでもない」

あと三分、いや一分でも遅く魔王城に入っていたらと思うとな。

血の涙くらい誰でも出るだろ。

裸を見ようと思えば、スケル眼鏡を使えば簡単に見ることができるんだけど、さすがにそれは犯罪だ。

俺が望むのは、さっきのようなラッキースケベだからな。

「ああ、そうだ。魔王城に戻ったら作ろうと思っていたものがあったんだった」

俺はそう言い、ミズハスミレと白紙スクロールを取り出す。

コメットちゃんとタラが、百九十八階層にアイテムの素材となる石やキノコなどを採りにいって留守なので、待っている間に作ってしまおう。

そして、それは簡単にできた。

**流水の巻物【巻物】　レア：★★★★**
**水属性の魔法書。使用することで水魔法を複数覚える。**
**修得魔法【水弾《アクアボール》】【水障壁《ウォーターバリア》】【流水剣《ウォーターソード》】**

それを読む。あんまり強そうな魔法じゃないよな。

ルシルの使っていた氷魔法のほうが強そうなので、そっちを覚えたかった。

【水魔法スキルを覚えました】

【【水弾《アクアボール》】【水障壁《ウォーターバリア》】【流水剣《ウォーターソード》】を覚えました】

【水耐性値が上昇しました】

【×××のレベル効果により、水魔法スキルレベルが3に上がりました】

【最大ＭＰが１５上がりました】

そして、流水の巻物は白紙スクロールに変わったので、再度ミズハスミレと合成して、ルシルに渡した。

「ルシルも水魔法は覚えていないんだよな」

「そうね。私が覚えている魔法の属性は、『氷・闇・転移・回復・封印』だけよ」

転移と封印の魔法はレア中のレア魔法らしいので、「だけ」と言われても困るんだが。

ちなみに、ルシルのスキルはこんな感じだ。

【天賦の魔法才能レベル10・氷魔法レベル10・闇魔法レベル10・転移魔法レベル10・回復魔法レベル10・封印魔法レベル10・氷封魔法レベル10】

となっている。最高の魔法使いなのだが、

【HP358／358　MP23／23】

と、MPが残念すぎて魔法はほとんどなにも使えない。

だが、俺が竜化第一段階になったときは、

【HP452／452　MP9413／9413】

となり、そこそこ強い魔法を使えるようになるそうだ。

もともとのMPがいくらだったのかは想像もつかないが、一角鯨のHPを超えるMPがあったのかもしれない。

ちなみに、HPが増えるのは肉体的に成長するからだそうだ。

「なら、これを使ってみてくれ。MPも増えるから、きっと魔法の幅も広がるぞ」

「あぁ、コーマが言っていた魔法書ね。わかったわ」

ルシルが流水の巻物を読むと、一瞬にして巻物が白紙になった。魔法の修得に成功したようだ。

ルシルに水魔法を覚えてもらったところ、スキルがふたつ追加された。

水魔法レベル10と雪魔法レベル10だ。

いきなりレベルが10になっているのは、天賦の魔法才能というスキルのせいだろうか？

水と氷で雪を覚えるのか……俺もいつか氷魔法を覚えてみたいなと思う。

あと、最大MPが100増えていた。

水耐性も増えているだろう。

【HP358／358　MP23／123】

これでルシルもある程度魔法が使えるようになるのでは？　と思ったら、

「え？」

見る見るうちにルシルの最大MPが下がっていき、

【HP358／358　MP23／24】

1増えただけになってしまった。

「……なんで、最大MPが1しか増えてないんだよ」

「コーマに使っている封印魔法がそれだけ強力なのよ。私の全魔力を注いだ魔法だし、常に魔力がコーマに流れているから」

そして、ルシルが笑顔で言う。

さっき下着姿を見られたことなど忘れたような、本当に嬉しそうな笑顔で。

「でも、ありがとう。少し力が戻った気がするわ」

力が戻った？

最大ＭＰが１しか増えていないのに？

こんなの焼け石に水どころじゃないぞ？

焼け石にスポイトで水を一滴垂らしたようなものだ。

「それに、使える魔法が増えたのはいいわね。細雪乱舞《ダイヤモンドダスト》とか、いつか使ってみたいわ」

楽しそうに言うルシルの言葉――それが本心かどうかは俺にはわからない。友好の指輪を俺はつけていないし、ルシルに対して、相手の心の中を知ることができるあの指輪を使いたいとも思わない。

「そうだな、俺がいつか使えるようにしてみせるよ」

そのためにも、いろんなアイテムを作れるようにならないといけない。

力の神薬や反応の神薬のような薬、魔法関係の神薬を作れるようにならないといけないな。

材料はまだわからないが、できるだけ早く。

そんな決意をしながら、俺はとりあえずスーとシーのための武器を作成した。

その間にコメットちゃんとタラが帰ってきたので、俺たちは四人でシメー島に行った。


「ここがあのシメー島ですか」

コメットちゃんは目を輝かせて、あたりを見回していた。

シメー島の中には獣人も多くいるので、耳と尻尾があっても目立つことはない。

「コメットちゃん、知ってるの？」

「はい。美食の町で有名ですから。一度来てみたかったんです。夢がひとつかないました」

と、コメットちゃんは本当に嬉しそうに言う。

連れてきてよかった。

それに引き換え、ルシルの奴は……建物の影で嫌そうにしていた。

「……忘れてた……地上には太陽があるんだったわ……」

忘れてたって、いったい何百年地下に引き籠もってたんだよ。

「ルシル、太陽が苦手なのか？」

「苦手というよりかは、眩しくて暑くて迷惑くらいに思っているわよ。別に吸血鬼みたいに、太陽光を浴びると灰になるとかはないわよ」

「こっちの世界の吸血鬼も、太陽を浴びると灰になるのか？」

「こっちの世界？　コーマの世界には吸血鬼はいなかったはずだけど」

あぁ、まぁ、俺の世界の吸血鬼はフィクションであり、実際の人物、団体とは一切関係ありませんの存在で。ドラキュラは実在するらしいが、実際のドラキュラ伯爵は吸血鬼じゃないらしいからな。

それにしても吸血鬼か……魔王のなかにひとりくらいはいるんじゃないだろうか？

こんなところでフラグを立てたくはないが、クリスとか普通に攫われてしまいそうだよな。

「ま、とりあえず食べ歩きしようぜ。金なら十分持ってきているから」

俺はアイテムバッグから、銀貨の入った袋を取り出し、小袋に分ける。

だいたい百枚ずつくらい。

「はい、コメットちゃんの分、タラの分、ルシルの分」

「……あの、コーマ様。いまさらですが、コーマ様の金銭感覚は本当におかしいですよね」

「ま、気にしない、気にしない」

うん、自分でも金銭感覚がおかしいのはわかってる。

銀貨百枚っていったら、日本円換算で百万円くらいじゃないだろうか？

コメットちゃんも、ゴーリキに殺される前に、俺の金銭感覚が異常だということは知っていたからなぁ。

「……あれ？　タラは？」

お金を渡した途端、タラが消えていた。

まさか、誘拐……？

女の子みたいに可愛いから、そういう趣味の人に……はないか。

タラ、見た目はショタでも中身は豪傑だからな。

実際、タラはすぐに帰ってきた。

両手いっぱいの牛串を持って。

「コメットも食べるか？」

「うん、食べる」

コメットちゃんがタラから牛串を一本取って食べた。

幸せそうに頬を押さえる。

まさに、ほっぺが落ちそうな状態なのだろう。

タラは無表情で食べているが、少しだけ口の端が歪んでいる。

コボルトは雑食だが肉好きらしいからな。

肉の塊に目がないのだろう。

「タラ、私ももらっていい？」

ふたりが美味しそうに食べているので、ルシルも食べたくなったのだろう。

ルシルがそう言うと、タラは牛串の入った袋を出し、

「勿論。どうぞ、ルシル様。そういえば、向こうに綿飴なる、とても甘くて美味しいものが売っているそうな」

「え、甘くて美味しいもの！　すぐに行ってくるわ！」

ルシルはそう言うと、牛串そっちのけで綿飴のある方向に走っていった。

……タラ、絶対自分の牛串を食べさせないために、ルシルを誘導しただろ。

それにしても、綿飴はこっちの世界にもあるんだ。ああいうのって、こっちの世界じゃ再現が難しいもんだと思っていたが。

そういえば、料理関係の魔道具がかなり発達しているっていっていたな。
ルシルの走っていった方向に行く。
本当に綿飴屋があった。
子供たちが列を作っているなか、ルシルもそれに交じって並んでいた。
一個銅貨五枚か。一番先頭にいた子供が、綿飴を持って走り去った。
綿飴も鑑定してアイテム図鑑を埋めておこうと思ったが、

**砂糖【食材】　レア：★★**
**テンサイダイコンなどから取れる甘い調味料。**
**塩とよく間違えられる。**

あぁ、残念。綿飴はアイテム図鑑に登録されないようだ。砂糖としか鑑定結果が出てこない。アイテム図鑑の砂糖の欄はすでに埋まっているから、せめてザラメとして鑑定させたかった。
その代わり綿飴製造機のほうはしっかり登録された。

**遠心分離機【魔道具】　レア：★×五**
**強力な遠心力を加えることにより、物質を分離させる魔道具。**
**いつもより余計に回っております。**

うん、よく回ってる。綿飴製造機は遠心分離機を改造して作っているのか。

そういえば、錬金術の機材として使われることがあるって「錬金術のススメ」に書いてあったな。

クルトに土産に買って帰るか。

いくらくらいするんだろう？

しばらくして、ルシルの番が回ってきた。

銀貨を出店のおっさんに渡して、割り箸のような木の棒を受け取る。

そうか、自分で作るタイプなのか。

子供の頃、食べ放題タイプの焼肉屋に行ったとき、デザートコーナーで綿飴を作っていたのを思い出す。

懐かしいなぁ、自分で作れる綿菓子か……自分で作れる⁉


「まずい！　ルシル、やめ――」


刹那、ルシルの作った綿飴が膨張！　見る見るうちに家のような大きさまで膨らんでいき、空へと飛んでいった。人を襲う気配は……いまのところなさそうだ。

よかった……のか？

「ちょっと機械の調子が悪かったみたいだな……今度は俺が作るからね」

ルシルがなにか悪いことをした、とは思えないだろうな。

ルシルはただ木の棒を持って、くるくる回していただけなんだから。

それでも店のおっさんはなにかを感じ取ったらしく、ルシルに綿飴を作らせたらいけないと悟ったようで、自分で綿飴を作りはじめた。

あ、空に翼竜くらいに巨大な鳥が来た。

綿飴の匂いに釣られたのか？

そして、あっけなく食べられてしまった。


巨鳥が綿飴に。


なにも知らない人が見たら、鳥が雲の中に入ったくらいにしか見えないだろう。

綿飴はさらなる獲物を求めて空を行く。もう、彼は綿飴ではない、雲になったんだ。青い空を自由に舞う雲に。いや、むしろ空の覇者に。

さらば、綿飴よ！　お前のことは早く忘れたい。


しばらくして、店主が本物の綿飴を作ってくれた。

お釣りを渡そうとする店主を無視して、ルシルは綿飴を一口食べた。

「甘い！　ふわふわしてる！　凄い！　こんな美味しい食べ物を作るなんて、あの人は天才よ」

「いや、たぶんあの人が発明したんじゃないからな、綿飴製造機」

少なくとも遠心分離機がアイテム図鑑に登録されるということは、アイテム図鑑が作られた時代には遠心分離機があったことになるからな。

結局、お釣りは迷惑料ということで受け取らなかった。

なんの迷惑料かはあえて言わなかったため、店主は困った顔をしていたけれど。

ほかにも道中、珍しい料理が多くあった。郷土料理を専門に扱う店というものもあって、そこでは俺がまだアイテム図鑑に登録していない料理の数々が並んでいた。

なかには、見た目はラーメン――この世界でいうところの汁そばのような料理まであったが、生憎と味はいまいちだった。

「あぁ、俺は腹いっぱいだ。少し休憩するよ」

「私もです。こんなに食べたのは生まれて初めてです」

休憩所があったので、俺とコメットちゃんはそこで休憩することにした。

だが、そもそも食事を必要としないルシルは本当に胃袋が底なしなので、まだまだ食べ足りない様子。

そのルシルと同じ、いや、それ以上に食べている気がするタラも、ルシル同様食べ足りないようだ。タラは普段は大食いキャラじゃないんだけど、食べられるときに食べるのが野生の本能――みたいな考えなのだろうか？

銀貨百枚は渡しすぎたと思っていたが、こいつらなら、ふたり合わせて二百枚の銀貨を一日で使い果たすんじゃないだろうか？

「じゃあ、とりあえず二組に分かれるか。俺とコメットちゃんは観光スポットでも見て回るから、ルシルとタラは食べ歩き続行。夕方、日の入り時刻あたりに工房に集合な」

俺はそんな提案をした。

しかし、それがまずかった。

まさか……この提案のせいで、この島にあんな化け物を生み出すことになるとは、本当にこのときは思いもしなかった。

「ルシル様、あちらに豚の丸焼きを売っている店がございます」

「タラは本当にお肉が好きね……私、肉は嫌いじゃないけど、甘い食べ物のほうがいいんだけど」

タラに付き合っていたら、お肉ばかりにお金を使ってしまいそうになる。

まぁ、コーマが稼いだお金はまだまだあるし、なくなったらコーマからまたもらえばいいだけだから、別にいいんだけど。

　でも、どうせ食べるなら、やっぱり甘いものを食べたいわよね。

　コーマからもらった栄養補助食品をきっかけに甘いものを食べることの素晴らしさを知った私としては、是非ともこの町の甘味は全種類コンプリートしたいわ。

　コーマがよく言う「コレクター魂」とは、きっとこのことね。

　でも、すでに一品、売り切れで食べ損ねているのよね。黄金リンゴのパイ包みケーキ。

　明日、朝一番に並んで食べないといけないわね。

　まぁ、売り切れたものは仕方がないわ。とりあえず、プリンを売ってる場所に行きましょ。

　前にコーマが作ってくれたパフェというデザートにも乗っていたもので、とても美味しかったことを覚えているから。

「タラが豚の丸焼きを買うなら、私はその横にある店でプリンを……どうしたの？」

　タラが立ち止まり、脇道をじっと見詰めている。

　そして、頭に被っていた獣の頭蓋骨を外し、犬耳をぴくぴくとさせる。

　私にはなにも聞こえないけど、コボルトの聴覚は私よりも優れているから、なにか聞こえているのかしら？

「あちらの方向で女性が複数の男性……おそらく三人の男性に追いかけられているようです」

「へぇ、放っておいてもいいのかしら？」

　別に助ける必要性も感じられないし。

追いかけられているのが私の部下だったら話は別だけど、人間同士の争いに首を突っ込むのは野暮ってものよね。

　これがあの女勇者なら、迷いもせずに助けに入るだろうし、コーマもなんだかんだ理由をつけて助けにいくんだろうけど。

「そして、同じ方向に、先ほどルシル様が買い損ねた黄金リンゴのパイ包みケーキの香りがします。しかも、とても大きなケーキですね」

「え？　本当に？」

「はい、店の残り香と一致します。おそらく、逃げている女性が持っているものかと」

　コボルトの嗅覚は私の比ではないから、タラが言っているなら本当だと思う。

　そうね、困っている人がいたら助けてあげないと。

　仮に女性のほうに非があるのなら、追いかけている男の代わりに捕まえてもいいし。

　どちらにせよ、お礼に黄金リンゴのパイ包みケーキをもらうけど。

「タラ、案内しなさい！　私を負ぶって！」

「かしこまりました！」

　タラは私を背に乗せると、全速力で走っていった。

　ゴミ箱の上に乗ると、一気に垂直に移動、屋根の上に飛び乗って、まるでコーマの世界のニンジャのような動きを見せた。

　ゴーリキのときも屋根の上に隠れてたのよね、タラは。

高いところが好きなのかしら？

なんて思っていたら、紫色の髪で二十歳くらいの、そばかすが特徴の人間の女性が、タラのいう通り、ふたりの人間の男とひとりの猫の獣人の男に追いかけられていた。

そして、女性の手には紙袋が握られている。

きっと、あれが黄金リンゴのパイ包みケーキに違いない。

「タラ！　ＧＯよ、ＧＯ！」

「かしこまりました」

タラは跳躍し、私を背負ったまま男たちと女性の間に割って入った。

「待ちなさい！　男三人がかりで女性を追いかけ回して、どういうつもり！」

「は？　お前たち、余所者《よそ》だな。関係ない奴はすっこんでろ！」

「関係なくないわよ。走り回ったら、彼女の持っている黄金リンゴのパイ包みケーキが型崩れするじゃない！」

私のその宣言に、

「「「え？」」」

男たちだけじゃなく、後ろの女性からも疑問の声が上がった。

「ねえ、その袋の中、黄金リンゴのパイ包みケーキよね」

「え？　あ、はい。そうです。美味しそうだったんで、さっき買ったんです」

「じゃあ、もしもあの男たちを追い払ったら、そのケーキ、私に分けてくれない？」

「え？　でも……」

「よし、交渉成立！　ということで、とっとと去りなさい、モブたち！」

「「「誰がモブだ！」」」

男たちが揃って声を上げた。

うん、同時に同じツッコミを入れるなんて、やっぱりモブキャラね。個性というものがないのかしら？

少し可哀想になった私は、三人に個性を与えようと考えてみた。

「モーブ、ブーモ、モブモと名付けようかしら？」

「ペットじゃあるまいし、勝手に名前を付けるんじゃねぇっ！　俺はシメー島料理大会実行委員のモリスだ！」

「同じくシメー島料理大会実行委員のモリスだ！」

「そして、最後に控える俺は、料理大会実行委員のモーリスだ！」

ふたりの名前が一緒ってことはわかったけど。

最後の獣人もモリスにしたらいいのに。

「で、実行委員のモブズがどうして女の子を追いかけているの！」

「「「モリスだ！」」」

「……じゃねぇ、モーリスだ！」

なんか疲れてきたんだけど。

本当に典型的なツッコミキャラなのよね、モブって。

三人を代表して、モーリスが説明を始めた。

「その女は料理大会の参加者だった。参加者には特典が与えられ、大会期間中の飲食費及び宿代はすべて無料になる」

へぇ、それはお得よね。私はお金はあるから、別に欲しい特典じゃないけど。

「そして、そいつはさっきまで無料だからと高価なものばかり飲み食いした挙句、大会には出たくないと言い出して逃げようとした」

それを聞いて、私は後ろの女性を見る。

「……話を聞く限り、あなたのほうが悪そうね」

私は女性に向き直り、そう言った。

「私は聞いていなかったんです。大会があんな、あんなものだなんて！　ちゃんと話してくれていれば、最初から断っていました！」

「うるさい！　大会に出たくないというのなら、いままでの飲食費と宿泊費、耳を揃えて払ってもらおうか。金貨三枚！」

「……そんなに使ったの？」

人間のお金ってよくわからないけど、金貨って確か大金よね？

「だ……だって、フォアグラとか食べたことなかったんだもん……」

これは話を聞く限り、本当にこの女性の自業自得のような気がしてきたわ。

でも、どうしよう。ここでこの女性を捕まえて、捕まえた報酬に黄金リンゴのパイ包みケーキをもらうという手も、ここまで三人の悪口を言っちゃったからには通用しそうにないなぁ。

ならば、この女性のほうが悪いと知っていても、助けてケーキをもらおうかしら。

「そうだ。私の代わりに、この女の子が大会に出たらいいんですよ」

「え？　ちょっと、なんでそうなるのよ！」

思わぬ飛び火に私は文句を言おうとしたけど、

「ほら、黄金リンゴのパイ包みケーキをあげますから」

「む、それなら……出てもいいかもしれないわね」

私も料理を作るのは好きだし。コーマには少し怒られそうな気がするけど、頼まれて料理を作りたいし。

「ふたりで話をまとめるな！　料理大会に出るには——」

「まぁ待て。その女の姿、さっき綿飴屋から情報の入った女の子じゃないか？」

「え？　あぁ、そう言われたら」

三人はこそこそと話し合い（全部聞こえているけど）、私に向き直り、

「お嬢ちゃんたち、君が大会参加者に相応しいかチェックさせてもらう。まずはそっちの男の子からだ」

そういい、モリスAが眼鏡を取り出した。

その眼鏡でタラを見る。

「ちっ、料理能力……たったの5か……」

モリスAは小さな声で「ゴミめ」と吐き捨てた。

私たちには聞こえないだろうと思っていたのでしょうけど、はっきりと聞こえているわよ。

思い出した。そういえばコーマが、この島に入るときに料理能力を測定する眼鏡で見られたって言ってたわ。

そっか、それでタラの能力を見たのね。

タラは肉を生で食べるようだし、料理能力が低いのは頷けるけど、ゴミはないわよね、ゴミは。

「まぁ、本命はあの女の子だろ？」

「そうだな……」

モリスBに言われ、モリスAは私の測定を開始した。

しばらくすると、モリスAの様子がおかしい。

見る見る顔が青ざめていき——

【ボンッ】

小さな爆発音を上げて、眼鏡が割れた。

ガラスの破片が目に入らなかったのは幸いだけど、男はまるで悪魔でも見たかのように顔を真っ青に……ううん、青を通り越して白くさせている。

「おい、どうした？」

「故障だとは思うが、彼女の料理能力の数値がマ……マイナス22000を超えたあたりで」

「マ……マイナス２２０００だと？　そりゃホントに故障だぜ。お前の料理能力測定眼鏡は旧型だからな。オレので正しい数値を調べてやる」

モリスBはそう言って、自分の眼鏡で私を見てきた。

なんかバカにされている感じで、嫌になってきたんだけど。

「そ……そんなバカな……俺の新型も故障か？　マ……マイナス２４０００まで下がってやがる」

「マイナス２４０００⁉　そ……そんなの記録にもないぞ」

「ま……まさか……⁉　確か歴代最低能力でも、マイナス１８００がやっとだったはずだ」

ふたりは私を見て狼狽《うろた》えていた。

すると、モーリスが私を見詰め、

「話は聞いていたんだろ。綿飴が空を飛んだ。綿飴はザラメを遠心分離機にかけて糸状にしたお菓子、比重でいえば空気より重い。なのに空を飛ぶ。彼女の料理は我々の想像の及ばないところにいるのだよ」

なんか急によくわからないことを言ってきた。

「お嬢さん、彼女の代わりにこの町の料理大会に出てはいただけないでしょうか？　あなたが出てくれるのなら、可能な限りあなたをもてなすと約束する」

「え？」

「黄金リンゴのパイ包みケーキも、そんな冷めたものではなく、焼き立てをすぐに用意させよう」

「……この町にある甘いもの、全種類用意できるかしら？」

「ええ、ええ。この町の者は、この大会にすべてを捧げているといっても過言ではない。勿論用意できるとも」

なんてこと？

料理大会に出場するだけで、全種類の甘いお菓子を食べられるっていうの？

私、コーマよりもコレクターの才能があるんじゃないかしら？

あとでコーマに会ったら、自慢しなくちゃいけないわね。

「交渉成立よ！　是非大会に参加させてもらうわ！」

どんな大会かは知らないけれど、頼まれて料理をするんだから、コーマも文句は言わないわよね。

私とモーリスはがっちりと手を握り合った。

「あの……じゃあ、私は帰っていいですか？」

私の後ろで、追いかけられていた女性がそう尋ね、

「……厄介なことになった。主に知らせねば……」

タラが心配そうに呟いた。

厄介なことってなによ、厄介なことって。

「ルシルが料理大会に出るっ⁉」

タラがついていながら、なんでそんな厄介なことになっているんだよ。

「そうなの。私の隠された実力を見て、どうしてもって頼まれて」

おいおい、シメー島の連中。お前ら大丈夫なのか？

もしかして、島民全員揃って自殺志願者とかじゃないよな？

確か、その料理大会って、多くの観光客が見にくるんだよな？

下手したら死人が出るだけじゃ済まないぞ……死人が出るだけじゃ済まないって、もはやなにが起こるんだよって思うけれど。解毒ポーションは足りるか？

手元には三十本しかないんだぞ。

最悪、アルティメットポーションを総動員させるか。

いや、ルシルの今日の夕食に睡眠薬を仕込んで、明日の大会に出るのを防ぐしか手がないか。

「楽しみねぇ、料理大会」

とても楽しそうに笑うルシル。

「…………………………」

ルシルが誰かに頼まれて料理を作るのって初めてか。

いや、なに感慨深げになってるんだよ。

料理を作って誰かが苦しめば、一番つらいのはルシル自身じゃないか。

あ、いや、やっぱり一番つらいのは料理を食べた人のほうか。

うん。あの地獄は、食べた人間にしかわからないよな。

「ルシル、あのな……」

「コーマも見にきなさいよね。私の晴れ姿を！」

「あ……あぁ……」

頷くことしかできなかった。

そして、俺は最後の悪あがきに、なにかルシルの料理の腕が劇的に上がるアイテムはないかと模索してみた。

挽き肉やジャムや沢庵、大福にセミの抜け殻などを入れたシチューでも美味しくなる調味料、みたいなものを作れないか？

ルシルが、明日に備えてイメージトレーニングをすると魔王城に帰ったので、俺はひとりで日没前の町に出た。

いろいろなスパイス、酒、食材などを買い、いろいろと作ってみる。

**薬膳の素【素材】　レア：★★★★**
**料理の持つ治癒能力を上げる粉。**
**ただし、僅かに苦味が増してしまう。**

作ってはみたが、これもダメだ。そもそも、薬草汁ですら、毒汁のドラゴンに変えてしまったんだからな。

料理の治癒能力が上がっても、それ以上に毒能力を上げてしまいかねない。

**胃腸薬【薬品】　レア：★**
**胃と腸の薬。消化を増進させ、胃痛、胃のむかつきを抑える。**
**ストレスで胃が痛い人もどうぞ。**

うん、いますぐ飲みたい。本当にストレスで胃が痛い。これは作っておこう。

材料のクサラクサはまだまだあるからな。

って、こんなので満足していられない。

**愛のエプロン【服】　レア：★**
**ピンク色のエプロン。大きなハートの柄が特徴。**
**新妻は朝ご飯を作るとき、裸のままエプロンだけを着る。**

特別な効果がないんだな。まぁ、材料も価値の低いものばかりだったし。

それにしても説明文がひどい。久しぶりにツッコませてもらう。

――それは最高だ！

まぁ、俺はまだ結婚できないだろうが、クリスを騙して、水着の上にこのエプロンを着せるか。

って、それよりも次だ。

いまは性欲よりも生命のほうが大事だ。

**バッカスのワイン【酒】　レア：★×七**
**バッカスが作ったといわれる幻のワイン。**
**かつて、このワイン一本のために戦争が起こったといわれる。**

なんか凄いものができたが、これでもない。

むしろ、ルシルがこんなものを使ったら、本当に戦争を引き起こす化け物を作り出しかねない。

俺はそのあとも、試行錯誤を重ねていろいろなアイテムを作ったのだが、結局これといった解決策が見つからず、あとは解毒ポーションを作るだけで終わった。

そして、（ルシルにとっても俺にとってもこの島にとっても）決戦の日の朝が訪れた。

貸し工房に、ルシルを迎えに馬車が訪れた。

どこかの王族が乗るような馬車にルシルが乗り、護衛役のタラも乗り込む。

俺とコメットちゃんには、特別に最前列のチケットが渡された。

関係者席だという。

これは助かる。万が一……いや、万が一じゃなく、起こるべくして起こる災厄を未然に防ぐためには、この席はありがたい。

タラの護衛役というのも、ルシルの護衛ではなく、観客に対する護衛という意味だからな。

どういうわけか、ルシルの作った料理がルシルを襲うことはない。

例外としては、海に戻ってきたという焼き魚だけだが、あれも鮭の本能で生まれた場所に戻っただけで、ルシルを襲おうとしたわけではないからな。

大会の会場は、島の中央。

コロッセウムのような円形闘技場で行われるらしい。

すでに多くの客が列をなしていた。

「コーマさん、こっちです！　こっち！」

警備本部の垂れ幕のかかった仮設テントから、クリスの声が聞こえた。スーとシーも一緒にいた。

コメットちゃんの姿をクリスに見られたらマズイので、コメットちゃんには離れてもらう。座席は指定なので、離れていても合流できるだろう。

「コーマさん、なにをしていたんですか？　もうすぐ大会が始まりますよ。私は大会中は外警備なんで大会の様子は見られないんですけど、なんでも、今年の大会はもの凄い新人が出るらしいですよ」

「そ、そうか。それは楽しみだな」

別の意味で凄い新人なんだろうけど。クリスが外警備なのは助かった。

クリスとルシルは一度、蒼の迷宮で遭遇しているからな。

ついでにと、スーが関係者口に案内してくれた。

勇者の従者とその関係者ということで、並ばずに闘技場の中に入れた俺は、観客席へと向かう。

すでに選手入場は終わったらしく、闘技場の中央に十六人の料理人が揃っていた。

老若男女、種族を問わず、さまざまな料理人が並んでいる。

そして、そのなかにルシルがいた。

やっぱり目立つな。身内贔屓を抜きにしても、女性選手のなかで一番可愛いと思う。

会場の隅に、スーとシー、そしてタラの姿もあった。

しばらくして、コメットちゃんと座席で合流する。彼女の手には飲み物の入ったグラスがあったので、俺は快くそれを受け取った。

そして、それを飲みながら、試合が始まるのを待った。

「…………緊張するな」

「緊張しますね……大丈夫でしょうか」

俺とコメットちゃんは、すでに手に汗を握っている。

こんな状態で、最後まで大会を見物できるのだろうか？

「おい、兄ちゃん。大会の見物は初めてかい？」

後ろから、頭に赤いバンダナを巻いた男が声をかけてきた。

「え、ええ」

「まぁ、気軽に笑えばいいさ。この大会はそういうもんだよ」

「笑える状況ならいいんですけどね」

……ん？

俺は違和感があり、男に向き直って問いかけた。

「あの、料理大会なんですよね」

「そうだよ」

「料理大会って、そんなに笑えるものなんですか？」

俺がそう尋ねたら、男は不敵な笑みを浮かべ、

「あぁ、笑えるぞ。抱腹絶倒ものだ。ん？　そうか、もしかして兄ちゃんたちはなにも知らないのか？　いいか、この大会は——」

そのとき、大きな声が会場に響いた。

『レディースエーンジェントルメーン！』

その声は、会場の中央に立つ男が発した声だった。

その手に持っている石。

**拡声石【素材】　レア：★★★**
**声を吸収し、大きくして反射する石。石が大きいほど声が大きくなる。**

鳴音の指輪の材料になった石だ。

その石を使い、男は司会進行をしていた。

『皆様お待たせしました。これより、シメージマ！　殺人料理大会のルール説明をいたします！』

……え？


殺人料理大会？


その不穏な言葉に、俺はルシルが料理人として選ばれた理由を改めて理解した。

殺人料理大会。

その名の通り、「これ、食べたら死ぬんじゃね？　三途の川渡れるんじゃね？」という料理を作る人間たちが、己の技と工夫を競い争う料理対決。

勘違いしてはいけないのは、料理には一般的な食材以外、一切使われていないところにある。

普通の食材が、どのようにしたら劇薬になるのか。


普通に料理しても、劇薬にはならないだろう。


一回戦はすでに始まっていた。

参加者たちが作っているのは「前菜」。

四グループに分かれ、最初のグループが料理を作っている。

各グループの上位（というか下位）二名が二回戦に進む。

ちなみに、ルシルは三組目。


会場には四つのテーブルが置かれ、その上にさまざまな調理機材が置かれている。

そして、テーブルの中央には食材の山が並んでいた。

『おおっと、これは凄い！　カノーラ選手！　キャベツから虫食いの部分だけを選んで使っている！　綺麗な部分には見向きもしない』

実況の男が舞台の外からそう叫んだ。

実際、カノーラとかいう女性選手の前には、キャベツだけでなく虫食いの野菜ばかりが並んでいた。

ちなみに、舞台には防音結界が張られ、外からの声は届かないようになっている。

なので、会場の笑い声は、中で真剣に料理をしている彼女には届かない。

「なんであんなものばかり選んでるんだ？」

「普通、虫食いのない食材を選びますよね」

俺とコメットちゃんが不思議がっていると、後ろからバンダナの男が説明してくれた。

「それは『虫が好んで食べるんだから、美味しい部分に決まってる』みたいな考えだろうな」

バンダナの男の両脇にいるツルッパゲの男と、一本だけ髪の毛が残っているハゲの男が相槌を打つ。

「ええ、大会あるあるですな」

「これは今年も期待できそうです」

なるほど、そういうことか……でも、カノーラはその野菜を水洗いもせずに、サラダに使うみたいだぞ。

俺は気になってアイテムバッグから双眼鏡を取り出し、そのキャベツの裏を見た。

「うげ、虫の卵が付いているぞ」

「ほう。この時期にキャベツに付く卵といえば、モードク蝶の卵でしょうな。卵の状態で食べてしまえば、全身の痺れ、下手したら死ぬことになる。なんとも運がいい、彼女の二回戦進出は間違いない」

運がいいのかよ。せめて水洗いしたら洗い流せたかもしれないのに。

でも、それをしない料理人が集まっているのが、この殺人料理大会なのかもしれない。

だってなぁ。

俺は参加者たちのスキルを見た。

だって全員、「殺人料理」という謎のスキルホルダーだもん。俺、人のスキルを見るスキルを手に入れてから、いろいろな人のスキルを見てきたけれど、こんな謎のスキル、ラビスシティーでは一度も見たことがない。ルシルですら持っていないスキルだぞ。

そりゃ殺人料理を作るよ。

カノーラのほかにも、カルパッチョを作ろうとしている料理人がいたが、川魚を下処理をせずにカルパッチョとか、まじでやめてほしい。

生臭いだけでなく、寄生虫とかもいるだろうから。

『さて、そろそろ料理ができ上がった選手もいるようです！　では、登場してもらいましょう！　この料理（笑）を食べるのは、勿論彼ら。サンライオンです！』

実況のセリフとともに、会場に魔物が入った檻が運ばれてきた。

真っ赤な鬣《たてがみ》のライオン。なるほど、太陽に見えなくもないな。

太陽のライオンで、サンライオンか。

それにしても、なんで魔物が出てくるんだ？

『殺人料理！　人間が食べると下手をしたら死んでしまいます！　なので、料理（笑）を魔物が食べることにより審査いたします』

あぁ、そういうことか。

確かに、俺もルシルの料理を食べろって言われて、食べる人間がいるとは思えないからな。

って、さっきから、さりげなく料理のあとに（笑）って入れてるだろ。言葉になってなくてもわかるぞ。さすがにそれはやめてやれよ。傷付くぞ……ってそうか。実況の言葉も料理人には届いていないのか。

『魔物のダメージ具合を見て、審査員が得点を出します！』

審査項目は、「ダメージ」「状態異常」「即効性」の三つ。

ダメージと状態異常を審査する審査員は、診察眼鏡を着けている。

あれ、俺はスキルを覚えるために使い捨てにしたけど、いちおうは魔道具で、売るとすれば金貨二十枚とかする道具なんだけど。

それをふたつ用意するなら、ひとりでダメージと状態異常を審査させたらいいのに。

どれだけこの大会に金をかけているんだろうか？

あと、当然のように審査項目には「味」の評価点が抜け落ちていた。

『では、まずはシアンダ選手の作った……おぉ、これは色鮮やかな生春巻きだ！　本当に色鮮やか！』

確かに色鮮やかだよな。生春巻きなのに湯気がいっぱい出ていて、その湯気が色鮮やかな虹色に輝いている。

……虹色に出る湯気ってなんだよ。

生春巻きはサンライオンの前に置かれた。

サンライオンはその生春巻きを嗅ぎ……悶絶。

俺の診察スキルによると、

【HP30／200　MP0／0　麻痺・混乱】

となっていた。

なんだこれ、匂いだけでここまでになるとは。

審査結果が出た。

【ダメージ：8・5　状態異常：4　即効性：9】

ダメージはHP20につき1点かな。状態異常と即効性の判断基準はつかない。

ていうか、食べてないのに、この得点はアリなのか⁉

「勿体ないですね、あの食材」

コメットちゃんが悲しそうに言う。

あの生春巻きも、素材だけはまともだっただろうに。

「食への冒涜だな」

俺がそう呟いたそのときだった。

『さて、残った料理を食べてもらうためにご登場願いましょう！　食の達人《イーティングマスター》、その名は？』

実況の男が大声を上げた。

なにが起こるんだ？

『『『エース！　エース！　エース！』』』

会場中が謎の「エース」コール！　ハートのエース？

そう思ったら、会場の中に急にスモークが噴き出た。

「いよいよ来るぞ、食の達人《イーティングマスター》Sが！」

バンダナの男が握り締めた拳を震わせて言った。

「食の達人《イーティングマスター》S？」

なんだ、その仰々しいのかギャグなのかわからない名前は。

「食の達人《イーティングマスター》Sは、この大会の救世主だ。廃棄される料理が勿体ないという下らない理由で、以前大会が中止にされそうになったんだよ」

　下らない理由なんかじゃない、至極真っ当な理由だろう。

「でも、そのとき、どこからともなく現れた旅人」

「彼女のお陰で殺人料理大会は続行できた」

「彼女がいなければ、この殺人料理大会は儚い夢と消えていたことだろう」

　消えちまえ、こんな大会。

　そう思っていたら、スモークは生春巻きの前まで迫った。

　そして、スモークから伸びた手が、生春巻きの乗った皿を取る。


　スモークが晴れてきた。

　スモークの中から現れたのは――金髪ツインテールの仮面の少女だった。まだ十五～十六歳じゃないだろうか？　目元が仮面で隠れているのでその素顔はよくわからないが、透き通るような白い肌と耳が尖っているところを見ると、おそらくエルフだと思う。

　これもエルフの特徴なのか、胸の大きさがとても謙虚だ。

　その少女はフォークで生春巻きを刺し、口に運んだ。

「馬鹿な、あれを食べるだと⁉」

　匂いだけで魔物が悶絶する料理だぞ。

「これが、彼女が食の達人《イーティングマスター》と呼ばれる所以だ」

「見事な食べっぷりだ。そして、出るぞ！　彼女のダメ出しが！」

ダメ出し？　ダメ出しって、逆にいいところが見当たらないんだけど⁉

『……ビーフンと海老は別の鍋で茹でたほうがいいです』

え……マジでダメ出しだ！　普通のダメ出しがきた！

ダメ出しというか、料理へのアドバイスだ！

シアンダは普通にお礼を言っている。涙を流して感謝している。

……あぁ、そうか。彼女にとって、普通に料理を食べてもらって普通にダメ出しをもらうのは初めてなのか。

食の達人《イーティングマスター》S、只者ではないな……俺と年齢はあんまり変わらないようなのに。

診断スキルで彼女を見てみると、

【HP358／358　MP885／885】

とあった。魔術師タイプのようだ。

そして、そのスキルは、

【毒舌レベル10・風魔法レベル8・弓術レベル7・裁縫レベル4】

だった。猛毒を食べても平然としていられるのは、もしかしたら、毒舌というスキルのお陰なのかもしれない。口が悪いようには見えないから、上手く毒舌を使うスキルではないだろう。

俺は自分とルシル以外でレベル10のスキルを初めて見た。玄人と呼ばれる人ですら、スキルのレベルは6程度。風魔法レベル8ともなれば、それはもはや伝説級の魔術師だろう。そんな彼女が、なぜこんなところで殺人料理なんて食べているのか、本当にわからない。

それに、彼女の服も謎だ。

**ドラゴンウェアー【服】　レア：★×七**
**竜の髭をエルフの秘技で服にした一品。**
**高い魔法耐性だけでなく、物理耐性も一級品。**

そう、俺の鑑定によると、彼女の着ている服は、とてつもないレアな服なのだ。

………なのに、なんでだろう？

その服は、どこからどう見ても、緑色の芋ジャージだった。まるで休日のダサいお兄さんの格好だ。この世界にもジャージがあるとは思わなかった。だが、それをわざわざ竜の髭で作るものなのだろうか？

本当に謎だ。

謎が解決しないまま、大会は進んでいく。

大会が進むにつれ、犠牲者……犠牲サンライオンが量産されていく。

本当に大会はまだ前半、文字通り前菜の段階なのに、すでに五頭のサンライオンが重体、一頭が死亡という状態だ。まぁ、野生のサンライオンは人肉を好む、とても凶暴な駆除指定の魔物だから仕方がないそうなのだが、やっぱり同情してしまうな。

そのサンライオンを殺したという料理ですら、食の達人《イーティングマスター》Sは普通に咀嚼して、「少し塩を入れすぎですね」と調味料の分量に対してダメ出しを行っていた。

問題は絶対にそこではないと思う。高血圧でサンライオンが死んだとは思えないんだが……サンライオンなのに顔が真っ青になっていたし。

そして、いよいよ三組目。ルシルの出番になった。

と同時に、観客席がざわめき立つ。

「おぉ、来たな、今大会の期待の新人が」

「あぁ、噂によるとモリス三兄弟絶賛の新人らしいぞ」

「いやぁ、なり手が少ない殺人料理人に新人が出てくるのは、ありがたいですな」

後ろの三人も、ルシルの登場に興奮しているようだ。

「あ、ちなみに、モリス三兄弟といっても血は繋がっていないからな。似たような名前のくせに三人つるんで行動しているから、そう呼ばれているだけだ」

と、バンダナの男が聞いてもいないのに説明してくれた。

なら、あんたたち三人は、ガヤ三兄弟だな。そのバンダナの下はやはりハゲてるんだろ？

ルシルは材料の中から、大根を一本選んだ。

『期待の新人、ルシル選手！　手に取ったのは大根一本だけ⁉　器用にかつら剥きをし、千切りに！

これは大根サラダか⁉』

本当にルシルは器用に料理をしていた。

そういえば、ルシルがまともに料理をしているのは、初めて見た気がする。

「……手際がいいな」

「……包丁に慣れてる」

「……これは期待外れですかな」

後ろの三人は落胆した様子で、ルシルの調理を見ていた。

期待外れ？　おいおい、なにを言っているんだ？　解説役を買って出るなら、ちゃんと解説をしてもらわないと困るぞ。

ルシルに料理を作らせて、期待通りなんていくわけないだろ。

なぜなら、一本の大根から大量に作られた千切り大根は合体していき、

『なんだ、大根サラダが集まって合体した⁉　これは……これはまさか……ハリネズミ？　それともハリモグラか！』

違う。あれはヤマアラシだ。

ヤマアラシはハリネズミやハリモグラよりも、そのハリが長いのが特徴だ。

「ちょっと、どこに行くのよ。まだドレッシングを作っている途中なんだから！」

『ルシル選手、ドレッシングをかける前に大根サラダに逃げられた！　私、この実況を十六年していますが、大根サラダに逃げられるというセリフを言う日が来るとは、思っていませんでした』

そりゃ思わないだろうよ。大根サラダが動くことを想定している人間なんていないものか。

そして、この料理大会、最低でも十六年続いているのかよ！

『大根サラダはサンライオンの檻に近付いていく！　自ら食べられにいくというのか⁉　だが、トゲトゲしたものをサンライオンが食べるとは……え？』

音が……音が消えた。

会場中からすべての音が消えた。

そりゃ消えるだろう。

ヤマアラシが巨大化したんだから。

そして……檻ごとサンライオンを食べてしまった。

食べられたんじゃなく、食べてしまった。

無音の会場の中、「ガリ、ガリ、ボリ、ボリ、ゴクン」という音が聞こえてきた。

こんな光景を見たら会場は当然大パニックに、

『おぉぉ、これは凄い！　ルシル選手の大根サラダがサンライオンを食べ尽くしてしまった！　審査員、得点をどうぞ！』

ならない。いや、パニックといえばパニックなんだけど、想像と違う。

全員がスタンディングオベーション、拍手喝采だ。

そして、得点も出され――

【ダメージ：限界突破　状態異常：昇天　即効性：電光石火】

って、これはもう得点ですらない！

ていうか、なんであの光景を見て、落ち着いて審査なんてできるんだよっ！

会場も大盛り上がりだが、誰ひとり逃げようとはしていない。

なんなんだ、こいつら！

『これは文句なし！　ルシル選手二回戦進出！　おぉっと、大根サラダ、今度は自ら食の達人《イーティングマスター》Sのもとへ！』

ヤマアラシは、今度は仮面の少女のもとへと向かった。

「やばい、助けないと！」

俺が会場へ飛び出そうとしたら、後ろから「待った」の声がかかった。

「助けにいく必要はない」

「なぜ、食の達人《イーティングマスター》Sが僅か齢十六でありながら、食の達人《イーティングマスター》の名を冠しているのか？」

「いや、なぜ食の達人《イーティングマスター》でありながら、武器をなにひとつ持っていないのか！　思い知らせてやれ！」

なんだ？　この自信は。

ていうか、これも危ないセリフな気がするんだが。

そのときだ。

仮面の少女はフォークを持ったまま、

「風の刃《ウインドカッター》！」

そう叫んだ。風の魔法。

彼女がそう叫ぶと、無数の風の刃が現れ、巨大化したヤマアラシを切り刻んでいく。

切り刻まれたヤマアラシは、その風に乗って、彼女の持っていた空の皿へと落ちていった。

あれが食の達人《イーティングマスター》の実力？　いや、もはや狩りだろ！

一狩り行こうぜ！　のレベルだろ！

『さすがは食の達人《イーティングマスター》S！　千の風を生み出し、千切り大根をさらに千切りに！　そして、千の風に乗って料理が皿の上に戻った』

彼女はその千切り大根を食べる。

……いや、サンライオンや檻を食べたのは横に置いといても、一度土の上に落ちているんだから、洗ってから食べろよ。

とか思ったが、彼女は気にせずに……。

「大根ですね」

と呟いた。

あぁ、大根だよ。大根切っただけだもん！　ドレッシングもかかっていないし。

「少し異物が入っています」

それ、サンライオンと檻！

そして、仮面の少女は、

「ルシル選手……あなたの料理にはなにか迷いを感じます。そんな状態で美味しい料理を作るなんて不可能ですよ」

そう言った。

ルシルはそれになにも答えない。

なにも言わずに、控室に戻っていった。

ルシルが料理に迷ってる？


彼女の料理が迷走しているのはいつものことだが。

その後、大会はルシルの料理への余韻を残したまま進んでいった。

大会の途中で、ルシルが作りかけていたドレッシングが、巨大スライムになって舞台の上を埋め尽くしてしまったが、そのスライムも、仮面の少女によって退治された。

そして、清掃作業のため、一時間の休憩となった。

また、その惨事のせいでほかの三人の参加者が棄権、第三グループはルシルのみが二回戦に進むことになった。


白い怪鳥の巨大な鉤爪が、空飛ぶ巨大な白蜘蛛の脚へと襲いかかろうとしたが、巨大蜘蛛が糸を吐いたので、怪鳥は急旋回して糸を避けた。

旋回して後方から怪鳥が白蜘蛛に襲いかかろうとするが、白蜘蛛は先ほど吐いた糸を闘技場の外壁にくっつけ、糸の伸縮性を利用して避けた。

そして、闘技場の外壁に降り立った白蜘蛛は外壁の反対側に糸を吐き、中央に移動すると、糸を吐いて巨大な巣を作り上げた。

その巣の上で怪鳥を迎え撃つ気なのだろう。

怪鳥もそれを理解したようで、旋回して様子を窺っている。

怪鳥が白蜘蛛に襲いかかったとき、白蜘蛛に避けられた場合には、己の体は蜘蛛の糸に捕らわれてしまうだろう。

勝負は、次の一撃で決まる。

怪鳥か……蜘蛛か。

闘技場の観客は、その世紀の対決を見上げていた。

手に汗握る戦いだろう。

**砂糖【食材】　レア：★★**
**テンサイダイコンなどから取れる甘い調味料。**
**塩とよく間違えられる。**

そして、

**ローストチキン【料理】　レア：★★**
**鶏を一匹丸ごと焼いた料理。**
**見た目の豪華さでフルコースのメインとなる。**

が鑑定結果で表示される。
つまりは、綿飴 対 ローストチキンの、夢の対決というわけだ。
殺人料理大会もすでにメイン料理。
ルシルの作ったローストチキンは、白い怪鳥となり、空へと逃げ出した。
そして、それを見ていたのが、ルシルが昨日作った綿飴。
綿飴は一日の間に、雲になり、蜘蛛になったというわけだ……どういうわけだ？
蜘蛛の糸に見えるのも、おそらくは砂糖なんだろう。
ローストチキンと綿飴の対決、それを眺める観客。
そして実況も、この世紀の糞試合に夢中のようだ。
『おぉっと、怪鳥が仕かけた！　白蜘蛛は……なんと避けない！』
蜘蛛は糸を二方向に飛ばした。
二本の糸が怪鳥の両翼へとへばりつく。
蜘蛛はその糸で怪鳥のバランスを崩させ、巣へと突っ込ませようとした。

だが、怪鳥は無理やり蜘蛛へと飛んでいこうとする。

蜘蛛の糸が勝つか、怪鳥の翼力が勝つか……どっちでもいいけど。

「どっちでもいいです。神の息吹《ゴッドブレス》！」

仮面の少女の放った強力な風魔法。

巨大な空気の塊が怪鳥と蜘蛛を捉え——二体は混ざり合い舞台の中央へと叩きつけられた。

そして、食の達人《イーティングマスター》Sはその物体を食べていく。

「……甘いですね」

そりゃ甘いだろ。砂糖塗れの鳥になっているんだから。

蜘蛛は砂糖の繊維に変化し、怪鳥にまとわりついていた。

結果、怪獣大戦争級の戦いは、仮面の少女によって幕を閉じた。

それにしても、彼女は黙々と食べているけど、怪鳥になった鶏肉は大きいのに、よくあれだけ食べられるな。

「それが食の達人《イーティングマスター》なのだよ」

「食の達人《イーティングマスター》は決して料理を残さない」

「食の達人《イーティングマスター》にかかれば、この程度朝飯前どころか、常に朝飯中ってところだな」

なんでお前たちが偉そうなんだよ、ガヤ三兄弟。

仮面の少女は怪鳥をぺろりと平らげ、

「甘いといっているのは、ルシルさん、あなたの料理に対する姿勢です」

「私の料理に対する姿勢のどこに問題があるのよ！」

ルシルが文句を言うが、

……あれ？　問題のないところがまったく見つからない。

だって、あの料理を食べるはずだったサンライオンは、さっきの怪獣大戦争を見て、借りてきた猫どころか、生まれたての猫のようにおとなしくなってぷるぷる震えている。

「ルシルさん。あなたの料理には一番大事なものが抜けています。それを理解しないようなら、あなたには料理を作る資格はありません」

「……大事なもの」

ルシルはそう言うと、押し黙ってしまった。

なにか考えているようだ。

「きっとあなたも最初は持っていたはずです。それを思い出してください」

仮面の少女はそう言うと、ほかの人が作ってサンライオンが食べなかった料理を食べきるために、ルシルの前から去っていった。

ルシルは無言で選手控室へと戻っていく。

大事なものって言われてもな。

俺にもわからない。

ルシルが最初に作ったのは、パンだったな。

いきなり俺に襲いかかってきた。ルシルにとってのもてなし方だったんだろうな。

思えば、あれが俺の人生を大きく変えた一因であった。

次に作ったのは薬草汁。ドラゴンになって勇者試験を無茶苦茶にした。

まったく、地上から疲れて帰ってきたときのあれには本当に参ったよ。

そして、ハンバーグ……俺のために焼いてくれたんだが、あれはひどかった。

……あれ？　そういえば、この頃の料理って、誰かに食べてもらうために人を襲っていたんだな。

最近の料理は、逃げ出したり、逆に噛みつこうとしてくる。

「……もしかして、ルシルは……そうか」

俺は立ち上がると、

「コメットちゃん、ちょっと待っててね。ジュースでも買ってくるよ」

「あ、ジュースなら私が」

「いいから、いいから」

そう言って俺は歩いていき、関係者専用の通路を見つけてそっと忍び込んだ。

イメージで、警備員を敵と認識させると、索敵スキルによって警備員の配置が手に取るようにわかる。

俺はその警備の裏をかき、選手控室があるだろう場所を目指した。

そして――そこはすぐに見つかった。

ルシルが座っている。

「よぉ、ルシル。元気がないじゃないか」

「……コーマ、なにしに来たのよ」

俺が声をかけると、ルシルが口を尖らせてそう言った。

ほかの選手はいないようだ。

まだメイン料理を作っているのか、審査中なのか、ほかの選手の料理の様子を見ているのかは、わからない。

でも、ふたりきりなのは助かった。

「元気がないだけじゃなく、不機嫌みたいだな」

俺はルシルの横に座り、そう声をかけた。

「…………料理に足りないものがなにかわからないのよ」

「俺にもわからないよ。ただ、ルシルが変わったのはわかっている」

「変わった？」

「ルシル、最初はいつも俺のために料理を作っていたからな。もてなすためのパン、疲れた俺のことを思って薬草汁とかな」

俺はルシルの頭を撫で、

「言ってなかった。ありがとうな、俺のために料理を作ってくれて」

「……でも、コーマは食べてくれなかったじゃない。パンしか」

「そりゃ、死にたくないからな」

俺は笑いながら言い、

「だから、今度からは死なない料理を作ってくれ。俺のために」

俺はそう言って、一本の薬瓶を渡した。

「……コーマのため？」

「ああ。ルシルの料理が毒じゃなかったら、俺もあの化け物料理を倒すくらいの力は身に付いていると思うんだよな」

「毒って……毒を作っているつもりはないのよ」

「でも、毒だから仕方がないだろ。で、これだよ」

俺はルシルに渡した薬瓶を指さす。

「解毒ポーションだ」

「解毒ポーション？」

「ああ、最初から解毒剤を仕込んでおけば、どんな毒だろうと無効化できるだろ？」

「……本当に私は毒を作っているつもりはないのよ」

ルシルはその薬瓶を大事そうに抱え、立ち上がる。

「でも、頑張ってみるわ。コーマのためじゃないけどね。とりあえず、いまはあの貧乳金髪ハーフエルフをぎゃふんと言わせてやるんだから！」

ルシルは笑顔でそう言った。

あの仮面の少女、ハーフエルフだったのか。

まぁ、それはどうでもよく、ルシルが元気になって本当によかった。

これでルシルの料理が毒じゃなくなったら、俺も覚悟を決めないとな。

幸い、胃腸薬は十分な量を用意しているから、毒じゃなかったら食べられるだろう。

「頑張ってくれよ、俺の大事なご主人様」

「頑張るわよ、私の仕える魔王様」

ルシルは会場へと向かい、俺は観客席へと向かった。

ジュースを持って帰った俺に、コメットちゃんは笑顔で、「お疲れ様でした」と言ってくれた。

それは、絶対にジュースを買ってきたことに対するお礼の言葉ではない。

あぁ、さすがコメットちゃんだ。全部お見通しか。


そして、殺人料理大会はいよいよ最終章。

フルコース、最後のドリンク&デザート作りが始まる。

最終対決に残った選手はたったの三人。

十三人の選手が脱落し、三十一頭のサンライオンが病院送り（治療はせずに普通に処理《ころ》されるそうだけど）になり、五十二頭のサンライオンがこの世を去った。

多くの（サンライオンの）犠牲のもと、いよいよ今宵（まだ夕方にもなっていないけど）、料理の殺戮王が決まる。

ちなみに、残った選手は以下の通り。

状態異常の専門家《スペシャリスト》サニー。

可愛い名前だが、三十九歳のおっさん。

彼の作った料理を食べたサンライオンは、ときには石化、ときには猫化、ときには人化したあと、この世を去った。

サンライオンが人化したあと死んだときは、さすがに布で覆い隠された。グロテスクなこと、このうえない。

匂いの魔術師ココ・リコ。

サニーと打って変わって、十二歳の少女。参加資格が十二歳以上ということなので、当然初出場。

とても可愛らしい女の子だが、彼女が料理を作るとき、風下から人がいなくなるという。

突然上昇気流が舞ったとき、空を飛んでいた渡り鳥の群れが落下してきて、得点が大きく加算された。

そして、最後。

魔物量産料理人ルシル。

料理を魔物に変えるという異能でここまで勝ち上がった。ルシルの作った料理は、すべてサンライオンを完食。この大会の参加者で唯一「殺人料理」のスキルを持っていないのも特徴のひとつだ。

そのサンライオンを完食した料理を、仮面の少女が完食しているというのだから驚きだ。

ちなみに、ここまでの得点は、

【サニー：213点　ココ・リコ：193点　ルシル：10081点】

どこのクイズ大会の最終問題で正解したんだよ、という得点差になっていた。誰がどう見ても優勝はルシルに間違いない。

ていうか、限界突破だからって、点数まで限界突破して採点するとか、ひどすぎる。

料理が行われている横で、サンライオンは檻の中で怯えきっていた。

そりゃそうだろ。大会の間中、仲間の断末魔の雄叫びをずっと聞かされてきたんだからな。

「いやぁ、今年の殺人料理大会は盛り上がりましたな。四年に一度と言わず毎年開催したいくらいです」

「それはいい。彼女には来年も出場してほしいものです」

「とはいえ、食の達人《イーティングマスター》Sが来年も来てくださったら、の話ですが」

ガヤ三兄弟が笑いながら、今年の感想を述べていた。

ふん、好き勝手言ってろ。

『さて、デザートとドリンク作りも終盤。ルシル選手、いままではシンプルな料理ばかりでしたが、ここにきてケーキ作り！　生クリームを作っています！　なんとも鮮やかな手つきです！』

生クリームを泡立てる手つきはまさに菓子職人《パティシエール》だ。

ルシルはでき上がった料理を魔物化させる異能は持つが、料理の技術だけは一級品だからな。

本当に見事な手際で、スポンジも綺麗に焼き上がった。

いまの状態なら食べてもいいんじゃないかと思ってくる。

ココ・リコはミルク寒天、サニーはフルーツジュースと果物の乗ったプリンを作っているが、多くの人はルシルの料理の変化を見守っていた。

『おおっと、ルシル選手。生クリームを混ぜながら、なにかを投入！　リキュールでしょうか⁉

私、お酒の入ったケーキには目がないんです！』

実況はそう言い、『まぁ、いまからできるケーキを食べたいとは思いませんが』と付け加えた。

すると、会場から嘲り笑う声が聞こえてくる。

好きに笑ってろ、あれが今回の隠し玉だ。

……ん？　仮面の少女が動いた。

紙とペンを持ち、なにかを書いている。

そして、拡声石を置き、大会本部に行ってその紙を渡した。

もしかして、解毒ポーションを使ったことへの抗議か？

大会では食材の持ち込みも自由だったはずだ。文句を言われるようなことじゃないが。

彼女は自分の席に戻り、拡声石を手に取った。

そうこうしているうちに、ルシルはスポンジにクリームを塗り終え、最後にイチゴをトッピングした……そのときだった。

一段しかなかったはずのケーキが三段になり巨大化、スポンジに手足が生えてケーキ魔人になった。

もはや観客は誰も驚かず、実況も、

『待ってましたぁあっ！　ルシル選手の十八番、魔物化！　今回はケーキ魔人だ！　さぁ、ケーキ魔人、どのようにサンライオンを食べるの……おや？』

ケーキ魔人はサンライオンに見向きもせずに、仮面の少女に向かって歩いていく。

「……食べてもらうわよ、食の達人《イーティングマスター》S！　私の渾身の力作の巨大ケーキを！」

ルシルはそう言って、仮面の少女を挑発した。

少女も立ち上がり、

「受けて立ちましょう……とはいえ、このままでは食べにくいので」

フォークを天高く構え、

「風の刃《ウインドカッター》！」

空から三本の風の刃がケーキ魔人を捉えた。

見事に八等分に切り分けられる。

いや、八等分にしても一個がかなり大きいんだけど。

と思ったら――

なんと、ケーキがくっつき、元通りになった。

「自己再生能力ですか、やっかいな！」

『おおっと、これは凄い！　ルシル選手のケーキ魔人、今回は一筋縄ではいかないようです！』

自己再生能力……そういえば、ルシルの作った薬草ドラゴンも似たような能力を持っていたな。

『食の達人《イーティングマスター》S！　ここは決め技の神の息吹《ゴッドブレス》でとどめを！』

「ダメです。あの魔法を使えば、ケーキがぐちゃぐちゃになってしまいます」

確かに、空気の塊とはいえ、鉄球をケーキの上に落とすようなものだ。

ならばどうすればいいのか？

そんなのは決まっている。

「ならば、動いたまま食べるしかありませんね」

仮面の少女はそう言うと、ナイフとフォークを手に取り、ケーキと交差した。

ケーキの上の段が……見事に消えている。

あの一瞬で、一番小さいとはいえ上段をすべて食べただと⁉

彼女――まだ実力をすべて出し切っていなかったというのか⁉

そして、仮面の少女に食べてもらえたことに満足したケーキ魔人は、動かぬケーキへと姿を変えた。

『さすがは食の達人《イーティングマスター》S……お？　おっと、どうした、食の達人《イーティングマスター》Sの顔が見る見る』

会場の全員がその光景を目にした。

仮面の少女……仮面の下のその白い肌が、見る見る青くなっていった。

そして――

「私の負けです……ルシルさ……ん……」

『『『イーティングマスタァァァァァァッ！』』』

会場中が彼女の称号を叫んだ。


試合は一時中断。しばらくして、実況のもとに知らせが届く。

『ええ、皆様、食の達人《イーティングマスター》Sは無事です。警備員のひとりが持っていた解毒剤を飲んで、意識を取り戻しました』

警備員の薬、タラが持っていたアルティメットポーションのことだろう。

それにしても、なんでだ。解毒ポーションを仕込んでいたはずなのに、なんで彼女に毒が回ったのか。

『実はこうなることを予想していた食の達人《イーティングマスター》Sから、手紙を預かっております』

そして、実況はその手紙を読み上げた。

『【前略、この手紙が読まれているということは、私は無事ではないでしょう。どうしてこうなったかというと、彼女は料理の中に解毒ポーションを仕込んでいました】』

やっぱり、見破られていたのか。

『【解毒ポーションのお陰で、調理途中の彼女の料理に入っていた毒の多くは消えたでしょう。ですが、その代わり、解毒ポーションでも解毒できない僅かな毒が生き残ってしまいました】』

……え？　それってもしかして……そういうことなのか？

『【ほかの毒がいないため、天敵のいない魔物のように繁殖し、数を増やし、いつしか私の毒舌スキルをもってしても、解毒できない状態になったのでしょう】』

……薬が……まさか毒になった？

風邪のときに抗生物質を飲んだため、常在菌まで殺してしまい体を弱くしてしまった、みたいなものだというのか。

失敗した。すべてが裏目に出てしまった。

アイテムマスター失格だ。

『【食の達人《イーティングマスター》Sの名において宣言します。この手紙が読まれたとき、ここに、ルシル選手を優勝とします！】』

会場にあふれんばかりの歓声が起こり、殺人料理大会は幕を閉じた。


賞金の金貨三枚とバカでかいトロフィーを受け取り、俺とルシルは、明日の昼まで借りている工房にいた。

クリスたちと約束している食事の時間まで少しある。

「ルシル、悪かったな」

「……ううん、コーマは悪くないわよ」

コメットちゃんとタラは姉弟水入らずで食事に出かけている。というよりか、ふたりが俺とルシルに気を遣ってくれたのかもしれない。

タラに薬代の臨時収入が支払われたため、その金での食事らしい。

俺たちも食事に行くか。

そう思ったときだった。

「失礼します」

そう言って入ってきたのは、仮面の少女、食の達人《イーティングマスター》Sだった。

どうして彼女がここに？

「もしかして復讐に来たの？　あれはあなたが勝手に食べただけよ。私は食べてほしいなんて一言も――言ってたけど、あんなことになるとは思っていなかったのよ」

「いえ、復讐などではありませんよ。私はただ、あなたに言っておきたかったんです」

仮面の少女は口元を綻ばせて、それこそ初めて笑顔を見せてこう言った。

「あのケーキ、気持ちが籠もっていて、とても美味しかったですよ。ごちそう様」

「………………え？」

本当にそれを、ただそれだけを言い残して、仮面の少女は工房を去っていった。

遠くで、赤色のジャージを着た男と合流したところまで見えた。

そのジャージが、火鼠の皮衣という、これまたレアなアイテムでできている服で、いったいどこでそんなものを手に入れたのか聞きたかったけれど、ルシルをひとりで放っておけないな。

「……コーマ、聞いた？」

「ああ、聞いたよ」

「私の料理、美味しかったって……美味しかったって言われた」

「だな。俺も驚いた。よくもまぁ、砂糖と重曹を間違えた猛毒ケーキをうまいと言えたもんだ。俺なんて十回は死にかけたのに」

俺が信じられないという口調で呟くと、その言葉にルシルははっとなった。

「え？　コーマ、もしかして私のケーキを……」

「食ったよ。食べ物は無駄にしたらいけないからな」

アルティメットポーションと一緒に食べたよ。

三途の川を何度も渡りかけて、十回目に行ったときは「またあんたか。今度はゆっくりしていけるんだろ？」と、鬼に声をかけてもらったほどだ。

「コーマ、私、もっと頑張るわね！　料理！」

「頼むから月に一回程度にしてくれ。俺の体が保《も》たない」

「いいわよ。コーマが食べてくれないなら、いつもみたいに空き巣に食べてもらうから」

「あぁ、空き巣相手ならいいぞ。どんどん作ってやれ」

そして、俺はクリス、スー、シーと食事に。

コメットちゃんとタラ、ルシルは魔王城に戻っていく。

何度も死にかけたが、いい休暇だったと思ったよ。

さて、しばらくしてシメー島に、トマトジュースばかりを飲む吸血鬼が現れたという噂が広がった。

まぁ、俺たちとは関係ないだろう。

ルシルのフルコースの最後のメニュー、「デザート」と「ドリンク」の「ドリンク」がトマトジュースだったらしいが、関係ないだろう。

関係ない……よな？

# スライム作製談③

スタイム【魔道具】　レア：★★
時間がくるとぷるぷるぷると振動するスライム型のキッチンタイマー。
でも、震えるだけなので、気付かれないことが多い。

「もはや、スライムですらないわね」

「……だな。でも、スライムの核から作れる雑貨って結構多いんだぞ」

「へぇ、ほかにどんなアイテム？」

「タライム。中に水を溜めておけるスライムの皮とか」

「それはタライですらないわよね」

「スライム内蔵型のブラ、ブライムとか……胸が大きく見えるらしい」

「大きくっていうか、普通に胸パッドよね」

「……ルシル、試しに着けてみるか？」

「嫌よ。それを着けるくらいなら、コーマの封印を解いて肉体的に成長するわよ」

**ハンバーグ【料理】 レア：★★**
**挽き肉、野菜、パン粉などをこね合わせて焼いたもの。**
**肉と胡椒のいい香りが食欲をそそる、子供が大好きな定番料理。**

「待て、それはもはやスライムの原型をとどめていない！」

「え？ でも材料は、スライムの核と塩コショウとカカオ豆だけよ」

「それでハンバーグができるなんてとんでもない！ それで作れるとしたらゴミだけだ！」

「ゴミって失礼ね。きっと美味しいから食べてみなさいよ」

「現在、そのハンバーグに追いかけられているんだよ」

俺はハンバーグ型の化け物に追いかけられ、結果それを食べてしまい、体の一部がスライムのように融けてしまったのだが、それは別の話……であってほしい。

ちなみに、ルシルの作ったハンバーグはふたつあるのだけれども、そのうちのもうひとつは……。

# 第四章　浴衣とパンツと貸し切り温泉

シメー島を出た俺たちは、さらに南へと向かう。今日はスーが御者席に座って地竜《ランドドラゴン》を操っていた。といっても、いまは道なき草原を走っているので、ほとんど操る必要はないのだが。

「南にはなにがあるんだ？」

行き先に関して、俺はまったく聞いていない。

スーに尋ねると、「あれ、言ってなかったっけ？」と悪びれもせずに、俺にようやく行き先を告げた。

「この国は基本、草原地帯だけど、南にはフィアレス火山っていう山があるのさ。見えているだろ？」

「……標高千五百二十メートルの活火山」

シーが補足情報を言う。活火山か。火山ならそこでしか採れない素材とかあるかもしれないな。黒曜石とか、軽石とか。

「フィアレス火山には火竜が住んでいるんですよ」

「マジか。よし、火竜の素材をＧＥＴできるな」

「駄目ですよ。フィアレス火山では火竜は守り神なんですから。火山のような特殊な環境って、魔物が集まりやすいんですけど、火竜がいるお陰でほかの魔物が来ないいんですよ。そして、火竜は賢くて人を襲わないそうですよ」

「人を襲わないドラゴンか。それなら確かに退治するわけにはいかないな」

魔物がすべて悪ではないことを、俺はよく知っている。

蒼の迷宮で人々を背に乗せるアイランドタートルのように。でも、ドラゴンの素材が手に入らないのは残念だな。頼んだら鱗の二、三枚くらい分けてくれないかな。

「……手に入るかもしれない、ドラゴン素材。私たちの受けた依頼が、その火竜の討伐だから」

「え？　待ってくれ。なんでだ？　ドラゴンが守り神なんだろ？」

「それがね、最近になってその火竜が人を襲うようになったんだ。それだけじゃなく、火山に大量のゴーレムが現れたそうでね。魔物を遠ざけない、人を襲うとあったら、退治するしかないだろ」

スーが御者席で言った。

すると、クリスが疑問を投げかける。

「なにか理由があるんじゃないんですか？　例えば卵を生んで、その卵が孵化するまでの間だけのことだとか」

「フィアレス火山の火竜は雄単体だから、その線はないよ」

クリスにしてはいい推理だと思ったが、そうではなかったらしい。

「竜とはいえ、守り神として奉られていた相手を倒すのは、ゲンを担ぐ冒険者にとっては受けたくない仕事なんだけどね。でも、ドラゴンの素材全部と報奨金目当てで仕方なくね。実際、周辺の住民は困っているみたいだし」

スーがそう言うと、俺たちの間に、少し重い空気が流れる。

あ、そうだ。ドラゴンで思い出した。

「スーとシーの武器を作ってきたんだった」

「本当かい？　早速見せてくれよ」

そう言うと、御者席に座っていたスーが地竜《ランドドラゴン》をその場に停止させ、こちらに跳んできた。

「待て待て。まずはシーからだ」

俺はそう言うと、シーのために作ったその武器を取り出す。

**ドラゴンダガー【短剣】　レア：★×六**
**竜の牙を加工した短剣。その切れ味はまさに超絶。**
**破魔の力も持ち、魔法を切り裂く力がある。**

透き通るような白さを持つダガー。

プラチナダガーよりも遥かに強い短剣だ。

「……綺麗」

シーはその短剣をうっとりとした表情で見詰める。まさに一目惚れしたといったところか。

気に入ってくれて嬉しいよ。

「コーマ、次は私だ、私！」

「ああ、焦るなって。スーは使いづらい武器がいいって言ってたからな」

俺はアイテムバッグからそれを取り出した。

スーは、それがなにか、最初はわからなかったようだ。

「鎖の付いた鎌？」

「あぁ、ちょっと特別な武器でな」

と、俺はそれを鑑定する。

**竜の鎖鎌【その他武器】　レア：★×七**
**鎌と鎖と分銅を組み合わせた武器。暗器として使われる。**
**鎌には竜の牙、鎖には竜の鱗が使われている。**

「ああ、鎖鎌っていうんだが、知らないか？」

「聞いたことあるよ。確か、カリアナに伝わる暗器だよね。へぇ、これがそうなのか」

スーは鎖鎌を興味深そうに見る。

「モーニングスターに似ているね」

「似てるって鎖だけで言っているだろ。まぁ、鎌で普通に攻撃してもいいし、分銅で攻撃してもいいし、鎖で縛ってもいい。特殊な形をしているが、それだけ使い方が多い武器だぞ」

「こりゃ、確かに私向きの武器だね。躾け甲斐がありそうだよ」

スーは試しに分銅を振り回していた。ちなみに、分銅の部分にはプラチナが使われている。軽々と振り回しているが、相当重いはずだ。

「コーマさん、次、私！　私の武器はないんですか？」

「ないぞ」

「どんな武器――って……え？」

「いや、お前の武器は作っていない。プラチナソードがあるから十分だろ」

「そんな……私も竜素材の武器が欲しいですよ」

クリスがそう言っていじける。が、ないものはない。

意地悪というわけではなく、クリスが使えそうな剣ができなかった。素材が足りない。

そのため、クリスの武器はまた今度だ。

「んー、実戦で試してみたいね」

「なら、敵を呼んでみるか？」

俺はそう言い、アイテムバッグから「魔物寄せの粉」の入った袋を取り出した。前に一角鯨を呼び寄せた薬だ。

**魔物寄せの粉【薬品】　レア：★★★**
**魔物の好きな香りの粉。使うと周辺の魔物を引き寄せる効果がある。使いどきを間違えたら、取り返しのつかないことになる。**

魔物寄せの粉について説明すると、スーは、

「へぇ、いいのかい？　結構貴重な薬品だったはずだけど」

「このあたりの魔物が落とす素材が欲しいからな。どうだ？」

「……試してみたい……です」

スーの言葉に、シーも同意する。クリスはまだいじけているので放置することにした。

スーとシーが魔物寄せの粉を使うことを了解したので、俺たちは地竜《ランドドラゴン》から降りた。

よし、早速使おうか——と思って、大事なことを忘れていたのに気付き、それをアイテムバッグから取り出す。

**鼻栓（巨大サイズ）【雑貨】　レア：★**
**鼻を塞ぐ栓。臭い匂いを嗅ぎたくないあなたに。**
**巨大サイズのため、巨人にも巨竜にも使える。**

鼻栓を地竜《ランドドラゴン》の鼻の穴の中に詰める。こいつも立派な魔物だ。

魔物寄せの粉を撒けば、こいつが真っ先に興奮してしまうだろうからな。

そして、俺は魔物寄せの粉を手にした袋からばらばら撒いた。

しばらくして……砂煙が見えてきた。

魔物の群れ……おぉ、あれは料理大会の憐れな被害者——サンライオンじゃないか。やっぱりこ

のあたりに生息する魔物だったんだな。橙色の鬣は闘技場にいたサンライオンよりも立派に見える。野生だからだろうか？　それとも、料理大会の前に、万が一逃げ出したときのことを考えて弱らせていたのか。もしくは、ＨＰは満タンだったけど、空腹だったのかもしれない。

最初に到着した一頭に、スーが鎖鎌を構えた。

「まずはこいつからだよ」

スーはサンライオンに近付くと、分銅を飛ばした。分銅がサンライオンの額に命中し、怯んだところでスーが跳び、サンライオンの首を掻っ切った。

サンライオンは一瞬のうちにこの世から去った。

さすがは勇者試験一位通過者だな。初めて使う武器とは思えない。

「……次は私がいきます」

今度はシーが短剣を持った。

シーはスーよりも身軽さをウリとしているのかと思ったら、違った。

手数の多さをウリとしていた。

広い袖から無数の短剣が飛ぶ。その数、百本にも達する。

どこにしまっていたんだ？　あの武器。

サンライオンはそれにもひるまずに突撃してきたが、脚が何カ所かやられて、明らかに速度が落ちている。

そこでシーが最後に投げたドラゴンダガーがサンライオンの眉間に命中。

サンライオンは一瞬のうちに絶命する。

「凄いな、ふたりとも」

俺はふたりの技術に魅了されながらも、サンライオンから素材を剥いでいく。

**獅子の鬣【素材】　レア：★★**
**獅子型魔物の鬣。魔物にとっての誇りでもある。**
**雄しか持っていないのが特徴。**

ちなみに、サンライオンの雌は、この地方ではムーンライオンと呼ばれるらしい。

数は圧倒的に少ないそうだ。

そのあとも、馬っぽい魔物や鹿っぽい魔物、そして無数の蜂の魔物にも襲われたが、スーとシーは一瞬のうちに魔物たちを殲滅していった。

そして、薬の効果が切れたとき、

「こりゃまずいね」

「……困った」

ふたりは武器を見てそう呟く。

魔物を楽々倒したはずなのに、なにがまずいんだ？

「もしかして、悪いところがあったか？　なんなら作り直すけど」

特にスーの武器は特殊だからな。やっぱり使いにくいのだろうか？

そう思ったら、ふたりは首を横に振った。

「いや、その逆さ。性能がよすぎるんだよ」

「……これに見合うお金、払えない」

スーが、「この分銅、もしかしなくても白金だよな？」と問いかけてきたので、俺は頷いた。

分銅は重ければ重いほどいいと聞いたので、比重が金よりも重い白金を使った。

「これだけ純度の高い白金、これだけで金貨一枚にはなるよ」

「いや、気にしなくていいって。白金鉱石なんて銅貨で買える代物だぜ」

「それを加工する手間賃が払えないって言っているんだよ」

「ドラゴンダガーの威力も、ほかの短剣百本分以上になる」

あぁ、そういえば、シーが投げた百本の短剣、ほとんどサンライオンに当たっていたのに、ダメージをあまり与えられていなかったようだからな。ＨＰもそれほど減っていなかったし。

とはいえ、ドラゴンダガーがたまたま当たり所がよかったんじゃないのか？

眉間を捉えてたし。

そう尋ねたら、シーは、「そうじゃない、たぶんあの短剣、命中補正もつけてある」と言って、作った俺自身を驚かせた。

さすがはアイテムクリエイトだ。

「こうなったら仕方がないね」

「……うん、お姉ちゃん、こうなったら」

ふたりは声を合わせて言った。

「『体で払うしかないね』」

……おい、どこの年齢制限ゲームだよ。

体で払うって、そんな……そんなこと、しかも姉妹揃ってだなんて、許されるわけないじゃないか。

「コーマさん、スケベな顔をしていますよ」

地竜《ランドドラゴン》の上から、クリスがそんなことを言ってきやがった。

フィアレス火山の麓の町、セイオンが見えてきたのは、その日の夕方のことだった。

そして、俺は驚かされることになる。

町の中には川が流れていたが、それはただの川ではない。川から湯気が上がっていた。そして、その湯気から硫黄の香りが漂ってくる。

そう、川に流れていたのは温泉だった。

観光地らしく、さまざまな露店も並んでいるが、ドラゴン騒ぎのせいか、人通りは決して多くはない。

「クリスもコーマも驚かないんだね。この町を訪れた人間は、たいていこの臭いに驚くんだけどね」

「いや、十分驚いてるよ。確かにこの臭いはなにも知らない人にはつらいな」

「私の生まれ故郷は火山の多い国でしたから、温泉も知っていました」

クリスがドヤ顔で言うが、ここにいる全員は温泉について知っていたので、優越感はないだろうに。

と俺は周囲を見回し——それを見つけた。

というか、それがあることが信じられなかった。

「あぁ、コーマも気付いたのか。結構人気があるんだよ、あれ」

「……お風呂上がりに着ると気持ちいいよ」

「私はあの服を知りませんが、コーマさん、知っているんですか？」

「ん？　あぁ、あれはな——」

しっかりと鑑定したあと、その名前を俺はクリスに告げた。

**浴衣【服】　レア：★★**
**カリアナの民族衣装で、本来は湯あみ着、寝間着として使われる。綺麗な柄であることから、外出着として使われることもある。**

驚いた。まさかこの世界に浴衣が存在するとは。

明らかに、このカリアナって国、日本と関係があるだろ。俺のほかにも、日本からこの世界に召喚された人間がいるのだろうか？

ただし、それが文化として浸透している以上、数年前程度じゃない、下手したら数十年、数百年前のことかもしれないな。

もしも、俺の中にルシファーの力が存在せず、ルシルに大きな借りがない状態だったら、真っ先にカリアナに行って、日本に帰る手段を模索しただろう。

俺より先にこの世界に訪れた日本人がいるのなら、きっと日本に戻るために試行錯誤しただろうから。だが、この世界でするべきことがある俺にとって、カリアナに行く優先度はそれほど高くはない。まぁ、アイテム図鑑を埋める目的でいつか行くだろうな。俺もいまだに作れない「梅干し」などのアイテムがあるかもしれない。それに、なにより俺が求めてやまないのは、お米だ。

いまだに俺は米を手に入れていない。

この世界に来てからパンやパスタ、ピザ、ラーメンは食べてきたけれど、米がないと、おにぎりも炒飯もおせんべいも作ることができない。

「コーマさん、せっかくですから、あの浴衣って服、買ってみませんか？」

「あぁ、いいんじゃないか？」

クリスの奴、絶対浴衣の代金を俺に払わせるつもりだろうが、今回はクリスの企みに乗ってやろう。俺もクリスの浴衣姿は見てみたいし。

「まずはこの町の首長に会うから、あとにしてよね」

盛り上がる俺とクリスに対し、スーがため息とともに言った。

セイオンの町の中央にある宿、ユールライン亭が、この町の首長が営む宿らしい。首長が宿を営んでいるというのも意外な気がするが、観光地の温泉街として賑わってきたこの町では、代々、温泉宿の組合長が首長の仕事を兼任しているそうだ。

石造りの宿で、結構大きな建物だ。

なんだろう。洋風建築なんだけれども、雨の少ないこの地域にしては三角屋根だし、玄関の門とか、どことなく和の雰囲気を感じさせる。

そう思っていたら、四十歳くらいの、浴衣を着た感じのいいおじさんが出てきた。

「ようこそ、お待ちしておりました。私が当宿の店主であり、この町のまとめ役をしております、イルイザと申します。スー様、クリスティーナ様、そして従者の方々。長旅ご苦労様です。お部屋にご案内いたしますので、まずはお寛《くつろ》ぎください。本日は皆様の貸し切りにさせていただいております」

首長が説明しているうちに、ほかの従業員がやってきて、スーとシーの荷物を運んでいく。クリスの剣を預かろうと従業員がやってきたが、過去に泥棒に剣を持ち逃げされたトラウマのせいか、クリスが剣を預けることはなかった。

……スーとシー、武器を預けるのは別にいいんだけど、どこにそれだけの武器をしまっていたんだ？　というくらいに武器を取り出している。

ナイフはわかるけど、斧なんて本当にどこにしまっていたんだろう？

多くの武器を出したふたりだったけれど、それでも俺があげたナイフと鎖鎌は出していない。不測の事態に備えているのだろう。

「お部屋割りはどういたしましょうか？」

「私とシーが同じ部屋で――クリスはどうする？」

「……一緒の部屋にする？」

シーに尋ねられ、クリスは一瞬だけ考え、

「そうですね。私はコーマさんと同じ部屋でも――」

「俺は個室で頼む」

バカなことを言ったので、俺が即座にそう訂正した。

クリスの奴、勇者試験中に俺と同じ部屋で寝ていたせいで、変なところで羞恥心がなくなっているな。

なぜかスーとシーがガッカリしているようだったけれど、まさかふたりも俺と同じ部屋で寝るつもりだったのか？　この世界の貞操観念が心配になるぞ。

俺は毎晩、ルシルやコメットちゃん、さらにいまはカリーヌとも同じ部屋で寝ているけれども。でも、それには色気なんてまったくなく、ただの雑魚寝に近い状態だ。部屋の増築は考えているけれど。

ちなみにマユは現在、魚たちの住む階層の近くに家を作ったので、そこで暮らしている。

「それでは、スー様とシー様は冬桜の間へ、クリス様は秋桜の間へ、コーマ様は春菊の間へご案内いたします」

そう言って、首長が奥へと先導してくれる。

「部屋が花の名前なんですか？　珍しいですね」

確かに、この世界の宿って普通は部屋番号だけだもんな。

春菊といわれたら、花よりも野菜を想像してしまいそうだけど。

「これもカリアナの伝統らしく、当館もそのように表記しております。この町は、カリアナの文化の影響を受けておりますので」

歩きながら、首長が説明してくれた。

まぁ、カリアナの影響があるのは、浴衣の存在が証明しているので、いまさら驚くことではないけれども。

でも、俺が案内された部屋を覗いたら、残念ながら、普通の宿のようにベッドが置かれていたし、畳や床の間は存在しなかった。

ベッドのマットレスを軽く押してみる。そこそこいいベッドが使われているようだが、これならフリーマーケットの寮に作ったベッドのほうが寝心地はいいだろうな。

準備もなにもないので、俺はチェストの上の施設案内に手を伸ばした。

当然ながら、ゲームセンターやカラオケボックスはない。その代わり、バーのような施設は存在するけれど、俺は酒は飲まないから興味はないな。スーとシーはお酒を嗜むから、夜に行くだろう。クリスも一緒に行くかもしれないな。

「あ、やっぱり風呂もあるのか」

思わず独りごちた。天然温泉、源泉かけ流しの湯。ただし、露天風呂はないようだ。貸切風呂や蒸し風呂もあるらしい。

土産物屋と食堂、あとクリーニング店。武器や防具などの補修・整備までしてくれるのは、この世界ならではだな。

トイレも部屋の中にはなく、部屋の外に三カ所設けられている。まぁ、冒険者ギルド本部の前にあった安宿より設備は整っているし、そもそも日本にいた頃はボートの上で数日過ごしたこともある俺にとって、寝床があるだけでもよしとしよう。

最近、アイテムクリエイトのお陰で贅沢を覚えたが、人間は質素に生きるべきだよな。

それに、幸い今日は宿も貸し切りみたいだし。クリスたちの目を盗んで魔王城に戻ったり、逆にルシルたちをこっちに呼んでもいいか。

ベッドに座ると、思いのほか体がベッドに沈んだ。縁の部分はもう少し硬かった気がするが、内側は軟らかいらしい。

そして、俺はそのまま横になって、目を閉じた。

この世界に来て、まだ数カ月しか経過していないのに、ずいぶんと慣れたものだ。

言葉が通じるという点は大きいけれど、それ以上に、いい奴らが俺の周りに多いからだろうな。

クリスやスー、シーだけのことではない。メイベルや従業員たち、弟子のクルトにその妹のアンちゃん。コメットちゃん、タラ、マユ、カリーヌ。いい奴ばかりが俺の周りに集まっている。ルシルもいろいろと問題を起こしているが、総じていい奴だ。

勿論、全員がいい人間というわけではない。相変わらずレメリカさんは怖いし、ユーリはあれでいて底が見えない。それに、フリーマーケットはいまでも空き巣が多いし、ラビスシティーのスラム街に行ったら、それこそ数枚の銅貨のために人が殺されていることもあるという。

でも、俺はその現状を変えようとは思わない。

せめて、俺の周りだけが平和であればそれでいい。そんな風に思ってしまう。そんな自分勝手な考え方は、俺の本来の考え方か、魔王になった影響かはわからないけれども、でも、そんな小さい平和を望む自分を、俺は嫌いじゃないと思っている。

「コーマ、入っていいかい？」

「……起きてる？」

「ん、スーとシーか。鍵は開いているから入っていいぞ」

俺がベッドから立ち上がりながらそう言うと、扉が開いた。なにかあったのか？　と思ったら言葉を失った。

ふたりが浴衣を着ていたのだ。ただし、だいぶはだけていて、褐色の素肌の多くを晒している。

原因は、帯の位置だろう。ベルトのように腰のところで巻いていて、それは男性が着る浴衣ならば間違っていないが、女性がその位置で帯を巻いてしまうと、ある程度の胸の大きさがあれば、こぼれてしまいそうになる。

「コーマ、浴衣に興味があったんだろ？」

「……首長さんが用意してくれた」

帯の位置に関して訂正する前に、ふたりが俺に詰め寄ってきた。

……もしかして、ふたりとも浴衣の下になにも着ていないんじゃないか？

胸元がいろいろと危ないぞ。本当に。

そう思ったとき——スーが俺に足払いをかけた。

俺はバランスを崩し、ベッドにうつ伏せに倒れてしまった。

そして、俺の腰の上にスーが座った。

「…………っ！」

スーの重みと感触が伝わってくる。

そして、俺はあのセリフを思い出す。

武器の代金を体で払うって言っていた。おいおい、まさか、これって。

「覚悟はいいかい？　って覚悟はいらないか。私たちに任せればいいよ。すぐに気持ちよくしてあげるからね」

「……下は私が担当するから」

「そうだね、シー、任せたよ」

担当って、ふたりがかりでなにをするつもりなんだ。

って、スー、そんなに体重をかけられたら――

「……あ、気持ちいい」

思わず呟いてしまった。

そして少し恥ずかしくなる。

「どうだい？　気持ちいいだろ」

「……マッサージ、得意」

そう、俺はふたりがかりでマッサージをされていた。

スーが腰のあたりを重点的に、シーは足つぼをマッサージしてくれる。よくあるバラエティー番組の激痛が走る足つぼマッサージと違い、本当に気持ちがいい。

「コーマ、もしかして別の想像をしていたのか？　さすがにそれはクリスに黙ってはできないよ」

「……コーマ様が望むなら構わないけど……痛い」

どうやらシーは、スーに頭を叩かれたらしい。あまり体の上で動かないでもらいたいのだけれども。その、スーの太ももの感触とか、お尻の感触とかが伝わってきてるし。

それに、スーとシー、いまはなにかいい香りがする。香水でも使っているのだろうか？

「あぁ、悪い、コーマ。あまり動かないようにするよ。私も変な感じだしね」

「ん？　変な感じって、手慣れているようだけど」

「いや、さすがに下着を着けていないとね――」

「…………………」

俺は枕を引き寄せ、それに顔を埋めて胸中で叫んだ。

（ノーパンなのかよぉぉぉぉぉっ！）

一大事じゃないか。え？　なんで着けていないの？　日本人でも浴衣を着るときはパンツをはくぞ。いや、そもそも和服でパンツをはかないというのは着物のときであって、浴衣のときではないはずだ。

これまで、どういうわけか女の子のパンツを見てしまうことが多々あったが、パンツをはいていない女の子相手に俺はどうすればいいんだ？

というか、どういう状況だ⁉　いま現在、ノーパンの女の子が俺に上に跨っているだと？

それは――

「大変です！　皆さん！」

「そう、大変だ……ってクリス！」

クリスが血相を変えて、俺の部屋の扉を開けていた。

クリスもまた浴衣を着ている。ちゃんと胸の下あたりで帯を結んでいるけれど、剣を腰に差すために腰にも帯を結んでいて、少しカッコ悪い状況になっている。

って、まずい、この状況は明らかに誤解を生みかねない。

「ク、クリス、この状況を説明するとだな」

自分でもしどろもどろになっていることに気付きながらも、これは単なるマッサージであること

を説明しようとしたのだが、

「ドラゴンが町を襲ってきました！」

そのクリスの言葉に、スーとシーが立ち上がって駆け出した。

靴のままベッドに上がっていやがったのかとかツッコミを入れる暇もなく、俺もまたあとに続く。

ふたりが目指したのは宿のベランダ。そこから一気に宿の屋根に上がり、東の空を見た。

「おいおい、敵はドラゴン一頭じゃなかったのかよ」

東の山、フィアレス火山から迫ってくるのは、真っ赤なドラゴンと――そして無数の空飛ぶ魔物の群れだった。

俺はアイテムバッグから双眼鏡を取り出す。

「コーマさん、あれはいったい」

「……悪魔の姿をしているが――」

「悪魔――そんな魔物がどうしてドラゴンと一緒に」

クリスの呟きを聞きながらも、俺は双眼鏡でじっくりとその魔物の細部を見た。

「石でできているように見える」

遠すぎて診察スキルの範囲外らしく、ＨＰとＭＰが見えないな。

「石造りの悪魔――それはガーゴイルですね」

クリスが少し安堵の息を漏らす。どうやら、悪魔とガーゴイルとでは強さに大きな差があるらしい。ガーゴイルのほうが悪魔より弱いのだろう。

「ガーゴイル……そうか、ガーゴイルか」

俺の世界だと、西欧で雨樋として使われている彫刻だ。悪魔だけではなく、動物や人間の姿のものもあるのだが、日本人なら悪魔の姿のガーゴイルの彫像をイメージするだろう。

ファンタジーゲームなどでは、その姿から、ゴーレムと並んで、動く石像として襲ってくる魔物のイメージが強いんだけど、どうやらこの世界では魔物としてのガーゴイルが一般的らしい。

「町の中に入れたら犠牲者が出る。打って出るよ」

スーがそう言って、屋根から飛び降りた。シーもあとに続く。

「待て、スー！　それにシーも！　危険だ」

俺が叫んで止めても、ふたりは東へと駆けていく。

「私たちも急ぎましょう」

「あぁ、このままではふたりが危ない」

「そうですね。ガーゴイルに遅れを取るとは思えませんが、火竜相手だと危険です！」

「いや、そうじゃない。そうじゃないんだ」

危険なのはそこではない。

浴衣姿で戦うふたり――武器はその場にあるものを借りて使うのかもしれないが、借りられないものだってあるだろう。

なにしろ、ふたりは現在――パンツをはいていないんだからっ！

避難のために西へと走る群衆の流れに逆らい、俺たちは東へと走る。

すでに、町にいた戦える人間が木の柵や土嚢などを重ねて入口の防備を固めていたが、空を飛べるガーゴイルや火竜にそれは意味をなさないだろう。マニュアル通りに警備をしている印象だ。

それでも町の入口は完全に封鎖されていて、猫の子一匹通さないという感じなのだが、

「どいてください！　勇者が通ります、勇者が通りますよぉぉおっ！」

クリスとスーが勇者の証であるブローチを掲げて走っていく。

すると、即座にクリスと俺が通るだけの道が開かれた。

勇者の証の効果は抜群だな。

「勇者様の道を開けろ！」

「勇者様が魔物たちを退治してくださるぞ！」

「勇者様、町の中は我々が守ります。どうか魔物たちを」

こいつら、少しは一緒に戦おうってつもりはないのか？

ないんだろうな。

仕方がない、俺も戦わせてもらうか。

アイテムバッグから、新たにミズハスミレをもとに作り出した杖を取り出す。

雷の杖と同じように作ったアイテムだ。

**水の杖【魔道具】　レア：★★★**
**「水よ」と唱えると、水の攻撃を繰り出す魔法の杖。**
**ガラスに描かれた線の数だけ使うことができる。**

と、これがもとのアイテム。樫の杖とガラスとミズハスミレで作った。

それにサファイアを組み合わせて完成したのがこれだ。

**流水の杖【魔道具】　レア：★★★**
**水の杖の強化版。威力だけでなく精度も増大した。**
**月の光を浴びることで、残数を回復させることができる。**

相手が火竜なら、水が弱点だろう。という単純な理由で、この杖を使うことにした。

「《水よ》っ！」

俺がそう叫ぶと、杖から大量の水が噴き出す。その光景はさながら放水機だ。

俺は火竜に狙いを定めるが、水が届くかどうかというところで、ガーゴイルの邪魔が入った。ガーゴイルが盾になっている間に、火竜が山へと撤退していく。

ガーゴイルを蹴散らしたあとで、さらに水を放ったが——どうやら射程の範囲外のようだ。火竜の尻尾付近にまで迫った水は、勢いなく地面へと落ちていった。

「コーマ！　いまは追い払っただけでも十分だよ！　それより、ほかのガーゴイルを退治するよ」

スーはそういうと、浴衣の袂から鎖鎌を取り出した。

どうやって隠していたんだ⁉

「……この服はいい。武器を隠しやすい」

そう言って、シーもまた浴衣の袂から無数のナイフを取り出した。

どれだけ武器を隠し持ってるんだ。やけに浴衣がはだけていると思ったけれど、浴衣の袂に武器を入れすぎて、自然に浴衣がずれていたんじゃないか。

そう思ったとき、クリスが大きく上に跳んだ。

いくらなんでも全力でジャンプしたところで、ガーゴイルには届かない。だが、クリスには――

「多段ジャンプっ！」

虚空を蹴って再度ジャンプし、ガーゴイルの胴体を切り裂く。石だろうがおかまいなしに、一刀両断だ。俺が見たときは二段ジャンプ程度しかできなかったのに、いまは四回くらい跳んだぞ。

「やるねぇ、クリスも」

「……あのスキルは私も覚えたい」

戦いながらスーとシーのふたりはクリスのことを絶賛するが、できることならふたりには、クリスの戦い方を真似してほしくない。

そして、クリスが浴衣を着るときに下着を着けていてよかったと、初めて彼女のことを常識人だと、浴衣の下に見える純白のパンツを見てそう思った。

「コーマ、これを見なよ」

「これって、パンツのことか？」

「……違う。このガーゴイルの翼の石片だよ」

そうだよな、お前らはパンツをはいていないもんな。

想像外の失言に、俺は思っていたよりも動揺していたことに気付かされたが、シーが持つ石片を受け取る。

それはガーゴイルの破片だったが——

「文字が彫られている？」

文字といっても、ゴーレムにあるような「emeth（真理）」という意味の単語ではない。もしもそうなら、eを削れば「meth（死んだ）」という単語になって、ゴーレムを殺せる弱点にもなるんだけど、そこに彫られていたのは文章だった。

『二日後、我々は総攻撃を仕かける。我々は逃げる者は追わない。すべてが終わったあと、我々はこの地を去る』

この世界の言葉で綴られたその文章を読む。

ドラゴンがこんな文字を書くのだろうか？　ましてやガーゴイルが自分の体に文字を彫るだろうか？

もしかして、今回の騒ぎの裏には、俺が想像していないなにかがあるのでは？

そんな気がしてならなかった。

「スー、シー、これから首長と話し合って、必要なら避難の準備もしないといけない。でも、その前に頼みたいことがある」

「なんだい？」

「……なんでも言って」

ふたりがそう言ったので、俺は遠慮なく言わせてもらった。

「いい加減にパンツをはけ」

「あぁ、なるほどね」

スーは手を打って、シーの顔を見た。シーも頷く。

「コーマ様はパンツが好きなの？」

その場で俺はずっこけた。


「魔物がこのメッセージを――ううむ。ほかの者にこのことは？」

「言っていません。破片もできる限り回収しました。ですが、すべてを回収するのは困難でしたので、今頃誰かが拾っているかもしれません」

クリスが説明する。

というか、確実に今頃は拾われているだろう。

俺たちが倒したガーゴイルは約三十匹。文字は両翼に彫られていたので、六十枚の翼を回収しないといけない。勿論、クリスが切り刻んだり、俺が水で噴き飛ばしたガーゴイルもいるけれど、それでも回収した翼は十枚だけ。

圧倒的に数が足りない。

「避難の指示を出すなら早いほうがいいと思うよ。観光地で魔物の襲撃は汚点にはなるけれども、これに書かれていることが本当なら、魔物は用が終われば町を去るんでしょ？　たとえ町が壊されても人がいれば再建は可能だし、魔物に襲われても犠牲者が出なかったという評判は残るよ」

「……いのちをだいじに」

スーとシーに言われ、首長は重い腰を上げた。

「そうですね。私どもはこれより避難を開始しましょう。それと、スー様、クリスティーナ様、シー様、コーマ様にお願いがございます。避難の間、我々の護衛をしていただけないでしょうか？　近くの町に避難しているところを魔物に襲われたらと思うと――」

町の外には魔物が出る。それは当たり前だ。ここに来るまでにも、俺たちは何匹かの魔物に出会っているし、全員が戦えるわけではない。それが不安で町から出られない人もいるだろう。それを考えると、現役の勇者が護衛をするというのは、避難する人も心強いだろう。

「それはスーとシー、それにクリスに任せてもいいか？　俺は魔物の総攻撃を防ぎたい」

俺はそう言った。だが、それにクリス、スー、シーが応える。

「コーマさん、私も戦います」

「それなら私たちだって」

「……コーマ様をひとりで戦わせられない」

三人も参戦を表明するが、俺は首を振った。

「避難する人数は多いからな。クリスとスー、ふたりの勇者が必要だし、遠距離攻撃ができるシーもいたほうがいい。それに、逃げるとなったら、俺ひとりのほうが身軽でいいしな」

俺がそう言うと、三人は押し黙る。避難の護衛にある程度の人数が必要なのは、理解しているのだろう。

「首長さん、悪いがこの宿を使わせてもらってもいいか？　それと、火竜を退治するための秘密兵器を作る予定だから、誰も入れないようにしてほしい」

どうして従者の俺がこんなに偉そうなのか、と首長は不思議に思っただろうが、スーとシー、そしてクリスが首長を見て黙って頷くと、彼もまた首を縦に振った。

「……わかりました。コーマ様、この町の命運をあなたにお任せいたします」


当然、秘密兵器を作るのにこの宿全部を使うなんて大嘘だ。

どんな兵器を作るにしても、アイテムクリエイトがある俺にとっては、畳半畳くらいのスペースがあれば十分。

でも、秘密の計画があるのは本当だ。

俺は一番大きな部屋で持ち運び転移陣を広げる。すると、そこから彼女たちが現れた。

ルシル、コメットちゃん、タラ、マユ、カリーヌ。

魔王軍の幹部全員集合だ。

「って、カリーヌ、なにを持ってるんだ？」

「弟たちの核だよ」

いや、それは見ればわかるんだけど。全部スライムの核だ。

俺が聞いたのは、なんでスライムの核を持ってきたのか？ってところなんだけど。

「オンセンってあったかいお風呂があるんでしょ？　だから持ってきたの」

……もしかして、カリーヌはスライムの核で温泉玉子を作ろうとしているのだろうか？

だとしたら、少し怖いな。

でも、皆を呼んだ目的は遊びじゃない。

「ルシル、これを見てくれ」

俺はルシルにガーゴイルの翼を見せる。

「ガーゴイルが町を襲った。しかも、翼に文字が彫られている。メッセンジャーのようだ。それで、ルシルに聞きたいんだが、野生のガーゴイルっているのか？」

「野生のガーゴイルは存在するわよ。ガーゴイルっていうのはゴーレムと一緒で、作成した存在がいるはずだけれども、その作成者が死んだり、魔力を失ったり、支配権を放棄したら野良ガーゴイルになるわ。でも、メッセンジャーをしているってことは、明らかに支配されているガーゴイルね」

「ガーゴイルって、ドラゴンでも支配できるものなのか？」

俺が尋ねると、ルシルは少し考え、

「普通のドラゴンには無理ね。コーマみたいな竜化した人間とかだったら話は別だけど。ゴーレムやガーゴイルって、魔力で動くものだから、魔法が使えないと無理よ。ドラゴンはその圧倒的な力のせいで、魔力器官が発達しなかったらしいから」

「じゃあ、火竜でも無理か……ということは、やっぱりガーゴイルを操っている奴がいるってことだな」

俺はそう言って、ニヤリと笑う。

ドラゴンが急に凶暴化したのも、その何者かが関与している可能性がある。

「そいつを捕まえて、ガーゴイルやゴーレムの作り方などを聞き出して、俺たち魔王軍の戦力上昇に繋げようと思う」

「それはいいわね。でも、コーマ。気を付けてよね。たぶん、相手は迷宮の関係者だから」

「……え？」

「このガーゴイル、たぶん体内に魔石が埋め込まれていたと思うの。構造的にね。しかも、魔石を埋め込んでガーゴイルを作ったというよりは、作ったガーゴイルに魔石が発生した感じよ。そういう魔物って、迷宮の魔物のみだから」

「そんなことまでわかるのか？」

「そりゃ、私だもん。わかるわよ。あと、コーマ、ガーゴイルの胴体とかはどうしたの？」

「バラバラに砕けて落ちてきた――ってそうか。魔石もその中に紛れてしまったのか。石だらけだったから魔石を見落としたのか」

そういえば、ルシルって殺人料理人だけじゃなくて、魔法の天才だもんな。

それにしても、相手は魔王か。

迷宮の関係者なのに迷宮にいなくてもいいのか？　と思ったが、考えてみれば魔王が迷宮の奥にいないといけないなんて決まりはない。魔王とその幹部である皆だって、こうしてここに出向いているわけだし。

「相手は魔王か、魔法を使える部下ってことか」

「もしくはその両方ね」

なるほど。思ったより油断できない状況のようだ。

最悪、竜化して戦わないといけないかもしれない。

「コーマ様。それで私たちは、なにをすればいいんでしょうか？」

コメットちゃんが尋ねた。

「できることならなんでもします」

「あ、いや。皆を呼んだのは、単純に温泉を楽しむことだけだよ」

「わーい、オンセン！」

はしゃぐカリーヌに、

「私、別にお風呂に入る必要はないんだけど」

ルシルはどこか乗り気じゃない。まぁ、新陳代謝がほとんどなく、浄化魔法で服や体を綺麗にできるルシルにとって、お風呂の意義はないのかもしれないが、

「そう言うな。風呂は気持ちいいし、ちゃんと男女別だ。それに、風呂上がりのコーヒー牛乳は最高だぞ」

「コーヒー牛乳⁉　知ってるわ。あれよね？　腰に手を当てて飲むジュースよね。一度飲んでみたかったの」

「あぁ。といっても、コーヒー豆がないから、大麦コーヒーになるけどな。そうだ、フルーツ牛乳なら作れるから、そっちにするか」

「それも捨てがたいわね！　早速行きましょ！　コメット、マユ、カリーヌ！」

「はい、ルシル様」

「…………」

「うん！」

コメットちゃんとカリーヌはいい返事だが、さっきからマユがやけに静かだな――と思ったら、マユの奴、どうやらウォータースライムを忘れてきたらしい。

そりゃ喋れないな。

「よし、タラ。俺たちも行くか」

「ええ、お供します」


脱衣所で服を脱いで脱衣籠に入れる。タラも同じ感じだ。

「タラ、骨を被ったまま入るのか？」

タラのトレードマークの頭の骨。でも、風呂に入るときくらいは脱いだらいいのに。

「ええ、これは濡れても問題ありませんから」

「そういう問題じゃないんだけどな……」

髪も洗えないだろ……って、そういえばシャンプーやリンスって常備してあるのかな？　それどころか、普通のお湯もないかもしれない。さすがに温泉のお湯で髪を洗うのはどうかと思ってしまう。明らかに髪に悪そうだし、髪は洗わなくてもいいか。あとでルシルに浄化魔法を使ってもらったほうがいいかもしれない。

「主こそ、ベルトとアイテムバッグを外さないのですか？」

「まぁな、盗まれたら困るだろ？　俺のベルトとアイテムバッグは防水防塵防刃防火性能だから、温泉くらい問題ないぞ」

「……そういう問題では……いえ、なんでもありません」

どうしたんだろ。言いたいことがあるのなら、はっきり言えばいいのにな。

そう思いながら、俺は浴場に入った。

へぇ、結構立派な風呂じゃないか。石造りのお風呂で広い。本当に源泉かけ流しなんだな。

首長さんの許可をもらって魔改造したくなる。蒸し風呂もあるけれど、俺はあれはあまり好きじゃないからな。

とりあえず、タラの体を洗う。

「タラ、傷もすっかりなくなったな」

蒼の迷宮で、一時、タラがグラムと一緒にいなくなったあと、タラは傷だらけで帰ってきた。あのときなにがあったのか、俺は聞かされていない。

「あのときは失礼しました」

「気にするな。アルティメットポーションは山ほどあったからな」

でも、普通のポーションやエースポーションでは、絶対に助からない傷だった。

いまのタラをあれだけ傷付けられる相手が、そういるとは思えないんだけどな。

そして、俺がタラに背中を洗ってもらっているとき、それは聞こえてきた。

「わぁいっ！　大きいお風呂！」

カリーヌの声とともに、お風呂に飛び込む音が聞こえてきた。

「ふあぁぁぁぁ、蒸し風呂って疲れるわね」

「ルシル様って、汗は出ないんですか？」

「出せないことはないけれど、出す必要はなかったわ。体の周りを氷魔法で温度調整していたから、暑くはなかったし」

「疲れたって、それが理由ですか……蒸し風呂の意味がないですよ」

……おい、この壁って、その向こうが女風呂なのか。

石の壁だけれども、上のほうに少し隙間があるから、覗こうと思えば簡単に覗けるじゃないか。

「………まぁ、覗かないけどな」

俺がそう呟いたときだった。

「きゃぁぁぁぁぁっ！」

コメットちゃんの叫び声が聞こえた。まさか、魔物がっ！

一刻を争うと思った俺は天井付近の隙間に飛び移り、そのまま隣の女風呂に向かい、

（あれ？　これってアニメとかでよくある――）

そう思った瞬間、ルシルの投げた桶が俺の顔に命中した。

ルシルの奴――いや、女風呂に入っている全員、体にバスタオルを巻いていた。マナーのない奴らだ。


コメットちゃんが騒いだ理由は、温泉が冷水になっていたのだ。そりゃ、温かいと思った温泉が冷たかったら、悲鳴も上げるだろう。

「コーマさん、これが原因ですね」

体にバスタオルを巻いて、人魚の姿でお風呂の中に潜っているマユが温泉の底から取り出したのは、スライムだった。

お風呂の色と同化しているので、外からだと見えなかった。

「カリーヌ、どういうことだ?」

「えっと、弟たちがね、そろそろスライムに戻りたいっていうから、お風呂の熱いエネルギーを食べさせたの」

「……ホットスライムという種族だそうですよ」

マユが友好の指輪を使ってスライムと心を通わせ、その名前を聞き出す。ちなみに、マユはいまだにお風呂の中だ。でも、いくら冷たくなったとはいえ、温泉の中でエラ呼吸は危ないんじゃないだろうか? 飲める温泉水っていうのは存在するけれど、温泉の中は魚が住めない環境だろうし。

あとで解毒ポーションを飲ませよう。

持ち運び転移陣を使い、スライムを魔王城に移動させた。

スライムの核ひとつをスライムに戻すために温泉の熱を全部奪ってしまうなんて、エネルギー効率が悪すぎるにもほどがある。源泉かけ流しなので、放っておけばすぐに温かくなるだろう。

「あぁ、コメットちゃん、寒いなら貸し切り湯に入るか」

俺の問いに、コメットちゃんは静かに頷いた。

とても冷たかったらしい。

# スライム作製談④

プラチナスライム【魔法生物】　レア：★×五
白金でできたスライム。とても重く、その体当たりは驚異的。
動かなくなったとき、その死骸は高値で取り引きされる。

「急に普通のスライムになったわね」

ルシルが感心したように言った。俺も同意見だ。

「全然普通じゃないはずなんだけど、確かに普通に感じるよな。材料も普通にプラチナを使っただけだし」

「でも、なんでいまさらプラチナなの？」

「そりゃ、図鑑を埋めるために決まっているだろ。あぁ、ミスリルとかオリハルコンのスライムを作ってみたいな」

「コーマお兄ちゃん！　あんまり弟のことをいじめないであげて」

カリーヌがプラチナスライムを抱いて、俺にそんなことを言ってきた。どうやら、プラチナスライムはプラチナとしてのプライドが傷付いたらしい。

ちなみに、プラチナスライムの死骸の価格は、金貨約二十五枚（二千五百万円相当）だそうだ。

**修羅イム【魔法生物】　レア：★×九**
**修羅に身を置く炎のスライム。**
**その力は魔王をも凌ぐという。**

「……我ながら、とんでもないものを作ってしまった」

封印を解いて竜化したときの俺の鱗をもとに、スライムを作ったらどうなるか？

そんな思いからできた化け物だ。まさか、魔王をも凌ぐスライムが生まれるとは思わなかった。

そう思ったのに。

「我ながら恐ろしいものを作ってしまったわね」

「そうだな、本当に恐ろしいよ」

修羅イムはルシルの作ったハンバーグを食べ、呆気なく昇天したのだった。

# 第五章　町を守るための一本の道

翌朝。

町民の避難が進んでいる。宿の屋根の上から町の様子を見ると、西へと続く竜車や馬車の列が見て取れた。

それをクリスやスー、シー、そして自警団の皆が護衛している。

「よし、そろそろ行くか」

俺はひとり、屋根から屋根へと飛び移って移動し、町を出た。

そして、フィアレス火山に向けて走る。

フィアレス火山――ファイヤーレス、火がない、つまり噴火しないように名付けられたこの山は、草もほとんど生えない不毛地帯だ。

山の麓で持ち運び転移陣を広げると、そこから現れたのは、タラだ。

「タラ、武器は持ったか？」

「ええ、主に作っていただいたこの剣――ぜひとも使わせていただきます」

タラに渡した剣。それは、翼竜の牙から作った。

**ドラゴンスレイヤー【剣】　レア：★×七**
**ドラゴンを倒した者が持つといわれる剣。**
**竜の牙が使われている強力な剣。**

俺が使うグラムほどではないが、それでも名刀と呼ばれる剣だ。

そして、持ち運び転移陣をアイテムバッグにしまい、

「主、気付いておられますか？」

「俺が気付いていないわけがないだろ。索敵スキルを持っているからな」

「そうですか……なら、行きましょう」

そう言うと同時に、周囲の岩が急に動き出した。岩に手と足、そして頭が生えた。いや、正体を現したといったほうがいいだろう。ゴーレムが岩に擬態していたのだ。俺たちはすでに、ゴーレムに囲まれていた。勿論、知っていた。動かないのなら別にいいと思っていたけれど——ゴーレムは戦う気満々のようだ。

「でも、ゴーレム相手なら、剣を抜くまでもないな」

「ええ、余裕です」

そう言うと、俺たちはゴーレムの振り下ろしてくるその拳を受け止め、そのまま投げ飛ばした。

三トンくらいはあるだろうその重さも、毎日力の神薬を飲み続けて、常人の数千倍の力を持つ俺

たちにかかれば、砲丸投げの球より少し軽い程度でしかない。

　そして、俺たちは雑魚ゴーレムを無視して、頂上を目指して走り出す。

　次に現れたのはガーゴイルだ。

　ガーゴイルはなにか意味不明の音を出すと、急に虚空に魔法陣が現れ、そこから炎の球が飛んでくる。ガーゴイルは、昨日の襲撃のときには一切魔法を使わなかった。

　昨日の襲撃は、本当にただの警告だったのだろう。

「面白いじゃないか。昨日本気じゃなかったのは俺も同じだぞ」

　そう言うと、俺はアイテムバッグに手を入れた。


「クリスティーナ様、隣町への避難の受け入れ許可が出たとの報告がありました」

「そうですか、それはよかったです。引き続き周囲の警戒を怠らないでください」

　私がそう言うと、自警団の男の人は敬礼して走り去りました。

　セイオンの皆さんの避難は順調に進んでいます。

　このままだと、あと二時間ほどで隣町にたどり着くでしょう。

　ですが、それと同時に、私はフィアレス火山から遠ざかっています。

　……コーマさんは大丈夫でしょうか？

でも、私もこの場を離れるわけにはいきません。私たちが護衛をしたのは正解でした。ときおり魔物が現れては、私たちに襲いかかってくるからです。

気を抜けば犠牲者が出るのは間違いありません。

だから、コーマさんのところへは……。

「クリス、コーマのところに行ってきな」

「え？」

そう言ったのは、スーさんでした。

「……ここは私たちがなんとかするから」

「で、でも、三人いても手いっぱいなのに、私が抜けたら――」

「これを見な」

そう言って、スーさんが出したのは、見覚えのある粉でした。

そう、魔物寄せの粉です。

「前に半分しか使ってなかったから、残りをもらったんだ。これを使って私とシーが囮になる。それなら、魔物からの護衛も必要ないだろ？」

「……首長さんも了承済み」

「コーマのことをよろしく頼むよ。私たちの分までね」

「……クリス様に任せます」

そう言われ、私は頷きます。

そして、全力で走りました。

あっという間にセイオンの町まで戻り、そして町を抜け、フィアレス火山の麓にたどり着きます。

そこに、一部ゴーレムの残骸と、まだ動くゴーレムがいました。

「邪魔です！」

私はプラチナソードを抜き、動くゴーレムを一刀両断していきました。

そして、さらに頂上を目指すと、そこにはガーゴイルの翼の形の石が大量に落ちていました。

これもコーマさんがやったのでしょう。

「……私の援軍は必要なかったかもしれませんね」

私がそう思ったとき、岩陰になにかを見つけました。

「……人形？」

金色の髪の男の子の姿の、可愛らしい人形です。

人形からは無数の長い糸が伸びています……マリオネットでしょうか？

そう思ったときです。私に向かって糸が伸びてきて——


ガーゴイルも大したことがなかった。あいつら、結局はファイヤーのような魔法しか使えなかったから、全部魔剣グラムで弾き飛ばした。

そして、俺たちは頂上にたどり着く。

「ドラゴンがいないな……てっきり火口の中にでも隠れていると思ったのだが」

もくもくと黒煙が上がっているが、火竜の気配はない。

でも、ここで待っていればそのうち現れるのではないか？

そう思ったときだ。待っていない奴が現れた。

「大変です！」

クリスだ。

「どうした、クリス」

「避難している皆が魔物に襲われたって、いま――」

「はぁ？　お前はなにをしているんだよ」

「私たちだけじゃ対応できないんです。ふたりとも手伝ってください！　ふたりならすぐに――」

……え？

そういえばクリスの奴、なんで俺がタラと一緒にいることに、なにも言わないんだ？

タラとクリスは、たしか蒼の迷宮で面識があるはずなのに、ここでノーツッコミ？

そこまでクリスってバカだったか？

それに、

「クリス、俺の名前を言ってみろ」

「え？　なにを言っているんですか、こんなときに」

答えられないのか。

俺は診察スキルを使う。

【HP632／632　MP280／280　操作】

状態異常に操作ってものが表示されていた。

操られている？　いったい誰に？

そう思ってクリスを凝視し――首のあたりになにか糸のようなものがくっついているのに気付いた。

「クリス、後ろに火竜がっ！」

「え？　そんなはずは――」

クリスが後ろを振り向くと、そこにそれがくっついていた。人形？　いや、

【HP1557／1557　MP5804／5804】

魔物だ。しかも結構強い魔物。

こいつが火竜やゴーレムたちを操っていた張本人か。

俺よりも先にタラが動いた。

「うわっと」

タラの剣が人形に迫ると、その人形は糸を伸ばして上に飛ぶ。声を上げて。

「いきなりなにをするんだ」

「なにをするんだはこっちのセリフだ。よくも俺の主人を操ってくれたな――」

そう言いながら、俺は人形が離れた瞬間に倒れたクリスの顔を足先で蹴って、気絶していることを確認する。よし、完全に気を失っているな。

「その主人を足蹴にしている君はなんなんだよ」

「……その質問は、俺の質問に答えたら答えてやるよ」

そして、俺はそいつに尋ねた。

「お前は魔王か？」

その質問がすべてだった。その人形は笑って言う。

「魔王を知っているのか。そうさ、僕がマリオネットの魔王、マネットさ。それを聞いたら満足か？この山は危ないから、とっとと」

「あぁ、下りさせてもらうよ。お前を倒してな――」

俺はそう言うと、グラムでマネットに切りかかった。

「安心しろ、峰打ちで済ませてやるよ」

「峰打ちって、その剣両刃じゃないかっ！」

……どうやら、この魔王は貴重なツッコミキャラのようだ。

まぁ、峰打ちというのは冗談で、たぶんあの糸に他人を操る力があるようだから、糸は剣で切って、本人は剣の側面で殴るつもりだ。

「というか、本当に危ないんだよ――」

マネットがそう叫んだとき、大地が大きく揺れた。

……まさか、こいつが地震を起こしたのか？

そう思ったとき、上空から火竜が舞い降りてきた。

巨大な赤い鱗のドラゴンだ。

「……煙の中に紛れて隠れていたのか」

火竜はマネットの前に降りた。そして――マネットはその火竜に糸を伸ばす。

だが、妙だ。

火竜を診察しても、

【ＨＰ２３２８７／２３２８７】

とだけ表示され、クリスのときのように操られている様子はない。

「そうか、住民の避難は完了したか。よかった」

会話をしている？

「お前たちも早く逃げろ。この火山はもうすぐ噴火する」


マネットが説明した。

この火山の噴火の予兆が始まったのは、半年前のことだ。有毒ガスが発生しはじめた。人間の言葉を操ることができない火竜は、人を有毒ガスから遠ざけるために追い払っていたんだという。

そして、マネットがこの火山を訪れたのは、一カ月前。

マネットは昔、この火竜に命を助けられたことがあるとかで、年に一回ほどラビスシティーにある迷宮を抜け出しては、この火山にやってきていたんだという。

人形がひとりで歩いていたら怪しまれるが、それは人間を操って移動したんだという。

そして、今回マネットがこの火山を訪れたとき、すでに火山は手が付けられない状況だった。このままでは大噴火を起こし、甚大な被害を出す。下手をすれば火山灰によって、この火山の周囲が死の大地になるほどに。

だから、マネットはあえて火山を小規模で噴火させることで被害を最小限にとどめようとし、これまで細工を行っていたそうだ。

「そして、今夜にでも火山は噴火する」

「なんでそれを素直に書かなかったんだ？　それなら避難も簡単に」

「それは僕が止めた。もしも正直に告げたら、町とともに死ぬ人が出る可能性があったからだよ」

「それは……あるかもな」

聞いた話だけど、お年を召した方の何割かは、町からの避難を渋っていたようだ。長年住んだこの町から出たくないと。でも、魔物が去ったらすぐに戻ってこられる。その言葉を信じて避難に応じてくれた。

正直に火山が噴火するから逃げろと言われても、信じてもらえないかもしれない。

「もしも戦う道を選んだとしても、幸い、セイオンの町は火山の麓とはいえ、少し離れている。健康な人間なら走れば避難できるだろ」

「確かに……でも、なんでそこまでして町を救おうとしているんだ？」

「僕は別に人間が死のうが生きようが関係ないんだけどね。この火竜が、子供の頃に町の人に命を救われたから、恩返しがしたいってうるさいんだよ」

マネットがそう言うと、火竜がグルルと鳴いた。

友達のために頑張っているのか。

ウソを言っているようには見えないけれど。

「ということで、聞いていたか？　ルシル」

通信イヤリングは、俺とマネットが会話を始めるときからＯＮにしていた。

すべての会話はルシルに筒抜けだった。説明する時間が惜しいからな。

『聞いていたわよ。で、どうするの？』

「なんとか火山の噴火を止められないか？」

俺はそう言いながら、持ち運び転移陣を広げる。

そして、その転移陣からルシルが現れた。

「どうだ？　なんとかなりそうか？」

俺が尋ねると、ルシルは火口の中を見る。もくもくと煙が上がっているだけで、内部の様子はまるでわからないのだが。

「無理ね。全盛期の私なら、マグマ溜まりごと凍らせることができたかもだけど……」

「冷やせばどうだ？　俺の流水の杖とか使って」

「それこそ、水蒸気噴火を誘発させるだけよ。噴火させないことより、噴火したあとのことを考えたほうがいいんじゃないかしら？」

ルシルが思わぬ提案をした。

「噴火したあと？」

噴火はもう止めることができない。それならば、噴火をしてからのことを考えよう……か。それは、地震を止めることはできないから、地震が起きても被害が最小限に収まるように頑張ろうという、日本人らしい考え方だ。

「なにかいい方法があるのか？　そうだ、マネット。お前も魔王なんだから、なにか特殊能力とか持っているんじゃないか？」

「僕ができるのは、せいぜいゴーレムやガーゴイルを作ったり、この糸の数だけ人間や魔物を操って動かすことくらいだ」

「ちっ、使えない」

俺が舌打ちをするとマネットが文句を言ったが、全部無視して、再度ルシルに考え方を聞く。

「山肌に細工して、火砕流の流れ出る道を作って、セイオンの町に火砕流が流れないようにするの。普通に壁を作って防ぐだけだと、その壁ごと破壊して流れ込んじゃうし、かなり調整が大変だけどね。設計図は私が描くわ――コーマ、紙。それと、前にラビスシティーで映像送信器を乗せた鳥の玩具で、空からの映像を撮影してたでしょ。あれを使ってこの山の全体像を見せて」

「お、おう」

ルシルは俺やマネットに次々と指示を出していく。

「でも、全員が避難してよかったわね。火砕流なんて、最高で時速百キロにも達するから、町に誰か残っていたら、どれだけ速く走れる人でも全員アウトだったわよ」

「え……」

マネットが絶句していた。健康な人間なら走れば逃げられるといっていたが、そうではなかったらしい。

俺はゴーリキ捜索のときに使っていた鳥の玩具に映像送信器を取り付け、二羽空に放った。

その映像が、すぐさま映像受信器に送られてくる。

「……上から見た映像だけでわかるのか？」

「十分よ。真上じゃなくて、微妙に角度があるから、二台あれば確認できるわ」

そう言うやいなや、ルシルは大きな紙にペンを走らせ、設計図を描きはじめる。

「なにものなんだ、こいつ」

「俺の一番大切な配下で、俺の一番大事なご主人様だよ」

「ほら、マネット。ボサボサしていないで。ゴーレムを作れるくらいなんだから、設計図通りに道を作るくらい簡単にできるでしょ！」

「一番偉そうなのは僕でもよくわかったよ」

マネットはそう言うと、ルシルが設計図を描き終えた場所から工事に取りかかった。

俺も万能粘土でルシルの設計図通りに、その火砕流が通る道を作っていく。

火砕流の動きを決して妨げない、ただ流れを誘導するだけの道を。


そして、すべての作業が終わった頃には、太陽は沈んでいた。

俺たちはセイオンの町に移動する。火竜も一緒だ。

「……そろそろね。噴火の時刻はマネットが予想した通り、今夜で間違いないわ」

ルシルが呟くように言った。

ちなみに、タラはすでに魔王城に帰ってもらっている。

魔物との戦いでは百人力だが、自然相手となれば、タラの力は畑違いだからな。

いちおう念のため、今日は四つ目の通信イヤリングを用意して、コメットちゃんに持ってもらっている。

町の入口には持ち運び転移陣を敷き、なにかあればすぐに逃げられるようにもしている。当初、転移陣を使ってマグマを転送できないか？　という案も上がったのだが、どうも転移陣というのは生物、そしてそれが一緒に持っているもの、着ているものしか対応できないらしい。逆にいえば、転移陣を敷いても、マグマが転移陣の向こう側にまで流れ込んでくることはないわけだ。

偵察に出ていた火竜とマネットが空から下りてきた。

「道に問題はないよ。あとは待つだけだ」

「そう……」

待つだけ。

クリスは……まだ目を覚まさないか。

「マネット、クリスになにか変なことをしたか？」

「僕は別に、少し操っただけで、いまは眠っているだけだよ。彼女、ずいぶん気を張っていたみたいだから、単純に寝不足だったんじゃない？」

マネットは、的を射ているであろう予想を告げた。

クリスは昨日から徹夜で避難の準備をしていたから、寝不足なのは間違いないだろう。

このままここで寝ているのは危ないと思うけれど、クリスは転移陣の傍に寝かせておき、なにかあればクリスも一緒に魔王城に転移するか。クリス相手なら、魔王城を見られても、なんとでも誤魔化しが可能だろう。

とりあえず、火山が噴火したときに岩が降ってきたら危ないから、クリスの頭上を万能粘土でガードしておくか。

このあたりまで飛んでくる岩くらいなら、これで防げるだろう。石造りの建物の中に寝かせておくよりかは安全だ。

それにしても、火山の噴火か。

日本にいたから、勿論火山の噴火の映像は何度も見てきた。

だが、それでも火砕流が流れて町を呑み込むという光景は、どこかフィクションの世界の出来事のように思っていた。

（でも、そうじゃないんだよな）

古代ローマ時代の都市ポンペイは、ヴェスヴィオ火山が噴火したときに発生した火砕流によって、一瞬にして滅んだといわれている。

あのときと同じことが起きるかもしれないのか。

そう思ったとき、大地が大きく揺れた。

と同時に、フィアレス火山が――火を噴いた。

火山灰らしきものが空へと舞い上がる。いや、噴き上がるのは火山灰だけではない。岩も飛んでくる。

そして――

「来るぞっ！　ルシルっ！」

「行くわよ！　封印解除！」


【殺せ】

そんな破壊衝動とともに、
【竜化状態が第一段階になりました。破壊衝動制御率九十九パーセント。ステータスが大幅上昇しました】
そんなメッセージが流れる。さらに、魔法のレベルアップのメッセージも流れた。一角鯨を倒してから、何度か挑戦してみたけれども、俺の破壊衝動制御率が百パーセントに達することはなかったが、破壊衝動はだいぶ落ち着いている。

　そして、俺の皮膚からは真っ赤な鱗が生え、背中からは翼が生える。

「コーマ、人間じゃなかったのか?」

　マネットが驚いたように言うが、俺はニッと笑い、

「《水よ》っ!」

　流水の杖を使って、迫ってくる岩を放水で吹き飛ばす。

　竜化したことで、俺の動体視力は限界レベルにまで達していた。

「俺もお前と同じ、ただの魔王だよっ!」

　そう叫ぶと同時に、降り注ぐ岩を見た。

　竜化しても、あれだけ広がって落ちてくる岩を全部叩き落とすのは不可能だ。

「ルシルっ!」

　俺はルシルを見る。ルシルは、中学生くらいにまで成長した姿で俺に相槌を打ち、

「わかってるわよ。《氷壁よ》《アイスウォール》っ!」

　と叫んだ。ただの氷の壁を作る魔法だが、ルシルが使えば一味も二味も違う。

　被害を生みそうな岩の前にのみ氷の壁を出現させ、岩を町へと寄せつけずにいた。

　これなら、空から落ちてくる岩は大丈夫だ。

　ルシルにはマナポーションを渡して、随時魔力を回復させている。睡眠代替薬もあるから、一晩

中火山が噴火を続けても平気だ。

そして、火砕流も――

と俺は、双眼鏡を取り出し、火山の様子を見る。

火砕流が流れ出ているが、見事にルシルの作った道を通って、誘導されている。

これなら、町にまで流れてくることはないだろう。

「………ダメ」

そう呟いたのは、ほかでもない、この計画を発案したルシルだった。

「予想以上に火砕流の流れが強すぎる。道が保たない」

その言葉が合図のようだった。

俺やマネットが誘導用に作った万能粘土とゴーレムによる壁が、双眼鏡のレンズの向こうで砕け散った。火砕流が流れ込んでくる。

ルシルが言っていた時速百キロまではいかないが、それでも人間が走る速度よりは遥かに速い。

「マネット！　火竜の背に乗せてくれ！　火砕流の上空に行く」

「コーマ、まだ諦めないのか？」

「当然だ。ここまできたら、できるところまでやってやる。悪いが、マネットはクリスを操って避難してくれ！」

「わかった。でも、コーマ。危ないと思ったら」

「勿論、すぐに逃げるよ。ルシルも一緒にいるからな」

飛んでくる岩を打ち落とすには、ルシルの力が必要だ。

俺とルシルは、火竜の背中に乗る。すると、火竜は空へと舞い上がった。

火砕流の熱のせいで気流が不安定なのか、火竜も飛びにくそうだ。

「ルシル、振り落とされるなよっ！」

「《氷壁《アイスウォール》よ》っ！　わかってるわよ！」

ルシルが氷で大きな岩を落としていくが、火口に近付くにつれ、細かい岩まではカバーできなくなってきた。

「火竜、耐えてくれよ。全部終わったらうまい肉でも食わせてやるからな」

俺はそう言い、火砕流の上に行く。

「《水よ》っ！」

火砕流を固めるために、流水の杖から水を飛ばすが——まさに焼け石に水という感じで、当たった部分だけは固まるが、なにも解決していない。

「ルシル、魔法でなんとかならないか？」

「無理よっ！　いまの私の魔力じゃ——」

「……それなら、封印を第二段階まで解除したら——」

「しないわよ。そんなことをしたら、コーマがどうなるかわからないもの。私はセイオンなんてわけのわからない町よりも、コーマのほうが大事なんだから」

そのセリフ、普段からちゃんと言ってほしいよ、畜生。

なにかないか？

冷たいもの、冷やすもの、思わず「冷たっ」て言ってしまうもの。冷たすぎて悲鳴を上げてしまうもの。


……そうだ、あったじゃないか。


俺はコメットちゃんに預けていた通信イヤリングを手に取り、

「コメットちゃん！　聞こえるか？　俺だ！　いますぐ転移陣に――」

指示を出し、火竜を旋回、Uターンさせる。

そして、転移陣まで戻った俺は、彼女を見つけた。

青い服を着た半透明の少女――カリーヌがバケツを持って立っていた。

「カリーヌ！　例のものは持ってきたか？」

「うん、いっぱい持ってきたよ。たぶん、いけると思う」

カリーヌがそう言うと、俺にバケツの中に入ったそれを渡した。

カリーヌの弟たち――そう、スライムの核だ。

「コーマ、スライムの核なんてなにに使うのよ」

「どうやって使うかは、実際に見せてやるよ」

俺は再度火竜に乗り、町へと迫ってくる火砕流の上空に戻ると、スライムの核をばら撒いていった。

すると、スライムの核は火砕流の上に落ち――その熱エネルギーを吸収していく。

「スライムの核一個で、温泉の熱を一気に冷ますくらいだから、もしかしたらと思ったけど……ここまでとはな」

スライムの核が落ちた周辺はすべての熱を失う。そして、スライムの核は真っ赤なスライムへと成長した。

「あれ、マグマスライムじゃない。スライムのなかでも強い部類の魔物よ。体の中がマグマで、切ったら中身の溶岩が飛び出ちゃうから、冒険者泣かせっていわれているのよ」

「マグマを吸収してマグマスライムになるって、そのまんまだな」

でも、思ったよりも火砕流の量が多い。

このまま闇雲にスライムの核を投げていても、時間稼ぎにしかならないんじゃないだろうか？

「……コーマ、スライムの核、いくつかちょうだい。スライムの核を投げて火砕流を固めて、もう一回火砕流の流れる向きを変えてみせるわ」

「できるのか？」

「私を誰だと思ってるの？」

ルシルは笑って言った。

俺の配下でも、俺の主人でもなく。

「あなたのパートナーでしょ」

その答えに、

「そうだな。俺のパートナーを信じるよ！」

俺は心の底から笑って言った。

ルシルは頭の中でいろいろと計算し、要所要所にスライムの核を撒いていった。


火砕流の流れを完全に変えることに成功したのは、三十分後。そして、火山が噴火活動をやめたのは、それから五時間後のことだった。

空からは、まるで俺たちの勝利を祝う紙吹雪のように、火山灰が降り注いできている。

この火山灰による被害も相当なものになるだろうが、それでも、セイオンの町は無事救われたのだった。

# エピローグ①

翌々日。火山が完全に沈静化したことをルシルが確認したため、セイオンの町の人を、町の中に呼び戻した。隣の町からも火山の噴火は確認できていて、人々は町は終わったと思っていたようなので、火山灰の被害はあるものの、現在のこの状況は想像よりも遥かにいいと言う。

そして、首長に一部を隠して丁寧に説明をした。

「そうだったのですか……ドラゴン様は火山の噴火を予知して、我々を避難させるために――」

「はい。火竜はすべてが終わったのを見届けると、空の彼方へ飛び立っていきました」

「それでは我々は、これからはドラゴン様に頼らずに生きていかないといけませんね」

「きっと火竜もそれを願っていると思いますよ」

こうして、俺の首長への報告は終わった。

クリスとスーとシーは、いまお風呂に入っている。疲れを取ったあと、次はこの町の再建に尽力するそうだ。俺も手伝いたいと思ったけれど、後処理が残っているので、クリスには悪いと思いながらも、先に帰らせてもらうことにした。

契約で一週間のみの仕事だったこともあり、三人とも了承してくれた。クリスの表情がどこか暗かったけれど、それは気にしないでいこう。

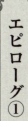

後処理とは……。実は火竜の行き場がないということで、俺たちの迷宮に住むことになった。火竜は熱い場所にしか住むことができないのだが、高熱を発し続けるマグマスライムと一緒に住むことで解決。

そしてマネットだけど、

「なんで僕が、コーマの配下になってゴーレム作製をしないといけないんだよ。まぁ、恩はあるから従うけど。でも、ちゃんと給料は払ってよね」

とぼやきながら、俺の配下になってしまった。俺は単純に、ゴーレムとガーゴイルの作り方を教えてくれって言っただけなのに。

マネットはどうやら、かなりツンデレ成分を含んでいるようだ。

マユに続き、これで魔王が三人になってしまった。うちの魔王軍、どんどん成長しているな。

ということで、俺はこれからマネットのゴーレム工房を含め、魔王城の増築をすることにした。

それが俺の緊急課題だ。

急いで魔王城に帰ろう。そう思ったのに——

「おいおい、ドラゴンがいなくなったって本当かよ。せっかく俺様が退治にきてやったのに」

そう大きな声で叫ぶ男。

火竜がこの町を救ったという話はすでに町民全員が知っているので、それを聞いた人たちは男を睨みつけたが、その男の異様な風貌に、全員が目をそむけてしまった。

そして、俺もまた——その男から漂ってくる異様な雰囲気に気圧《けお》される。

なんだ、こいつは。

ライオンの鬣みたいな髪型の巨漢の男。着ているのは毛皮だけで、剣もなにも持っていない。なのに——どこにも隙はないし、そのスキルも凄かった。

【咆哮レベル10・百裂砲攻撃レベル10・ど根性レベル10・一撃必殺レベル10・剛力レベル10・肉体強化レベル10】

持っているスキルが全部肉体系だし、すべて最高ランクのレベル10。

こんな人間がいていいのか？

そう思ったとき、

「なに見てるんだ、お前」

その男がこちらを睨みつけてきた。

背中に悪寒が走り、足がすくむ。

「ん……これで倒れないのか。お前、面白いな。戦う相手がいなくてちょうど暇してたんだ。いっちょ戦おうぜ！　なんなら先制パンチはお前にくれてやってもいいぞ」

そう言われても、俺は言葉を出せない。思ったのは、早く逃げたい、ただそれだけだった。

そして——

「ちっ」

男は舌打ちをし、なにかを取り出した。

それは、通信イヤリングだった。俺が作ったもの以外の通信イヤリングを見るのは初めてだ。

「なんだ、グリューエル……あぁ、名前はどうでもいいんだよ。ん？　……わかってるよ、リーリウム王国にこれを届けたらいいんだよな。相手は魔王？　強いんだろうな？　……そうか。それは楽しみだ。わかったよ、できるだけ善処はしてやる」

　そして、男は通信イヤリングを切ろうとして、そのまま握り潰してしまった。

「……壊れたか。あぁ、なんていったか。名前だよ、名前。まぁいいや。俺様はベリアルだ。もしも俺様と戦いたいなら、リーリウム王国に来な。最高のバトルをしてやるからよ」

　そして、男は背負っていた布からあるものを取り出して、上に放り投げる。

　それを見て、俺はまた目を疑った。

　ベリアルと名乗った男は、ガハハハと笑いながら歩き去っていった。その姿は、ライオン以上にライオン——百獣の王を彷彿とさせた。

　本来なら、そいつをいますぐにでも呼び止めたいと思ったのだけれど、俺にはそれもできなかった。

「クリス様、湯加減はいかがでしょうか？」

　温泉宿の従業員の人が脱衣場から私に尋ねました。

「はい、今日も気持ちいいです。温泉の温度ももとに戻っているみたいですね」

私はひとり、セイオンの町の温泉に入っていました。

火山の噴火後、湯脈が変わったのか、湯量が大きく減り、さらに温度も下がっていました。湯量がもとに戻ったのは一週間前のことです。

いちおう、この町で私たちがしなくてはいけないことは終わりました。

火山灰の影響で周囲の畑の農作物にひどい影響が出ているそうですが、セイオンの町を支援してくださる方がいて助かりました。

スーさんとシーさんの父親であり、今回の仕事の依頼主であるゴルゴ・アー・ジンバーラ元国王陛下が、現国王のゴルゴ・イー・ジンバーラ陛下に頼み、この町に復興支援を行うことが正式に決まったと知らせがきたのは、一昨日のことです。

もともと、この温泉宿は、元国王陛下が愛人の方々と愛を育む場所であるらしいのです。しかも、この温泉宿で働いている女性従業員全員が元国王陛下の愛人であり、この宿のオーナーでこの町の首長が、元国王陛下の十三番目の息子であることを知ったときは、本当にびっくりしました。

とにかくこれで、私は明日この町を去ることになったので、最後の温泉を楽しんでいました。

先ほどまでは、スーさんとシーさんも一緒に入っていました。

そのときもふたりはやはり、コーマさんのことを褒め千切っていました。

というのも、支援をしたのは元国王陛下だけではなかったからです。フリーマーケットから、現在すぐに必要となる食料などの物資が提供されました。コーマ様がラビスシティーに戻って手配したそうです。

「やっぱり体で払うしかないね」

「……コーマ様はいま、特定の女性はいないからチャンス。私はお姉ちゃん相手でも遠慮しない」

「私だって妹が相手だとしても、手加減するつもりはないよ。なんたって、私はあのパパの娘なんだから」

「……それは私も同じ」

スーさんとシーさんは、そんな言い合いをして、どっちがいい女か勝負すると言って、蒸し風呂に我慢勝負に行きました。

蒸し風呂に長い時間入ることと、いい女の関連性はわかりません。

ただし、スーさんとシーさんはひとつ、とても正しいことを言っていました。

「今回の火山の噴火騒動も、きっとコーマさんが解決した」

ふたりはそう思っていると言っていました。

そして、私はそれが真実であると知っています。

なぜなら、私がセイオンの町で目を覚ましたとき、そこにコーマさんがいたからです。そして、私が目を開け、コーマさんに声をかけようとしたそのときです。

コーマさんの肌が見る見る赤く変わっていきました。そして、一角鯨と戦っていたときに私を助けてくれた、謎の魔物の姿へと変わったのです。

そしてコーマさんは、いつの間にか横にいた可愛らしい少女と一緒に火竜に跨って、空へと駆けていきました。どこかで見たことがあるような、ないような、そんな女の子です。

そのあと、私はどういうわけか再度意識を失ってしまったんですけれど、でも、あれが夢だったとはどうしても思えません。火山を登っていたはずの私が町の中にいたのが、なによりの証拠です。

「……コーマさん、どういうことなんですか？」

お湯に浮かぶ胸の上にタオルを乗せ、私は天井を仰ぎます。

すると、天井から水滴がぽつりと落ちてきて、私の右目に当たりました。

それで、私の目が覚めました。

……まぁ、考えても仕方がありませんね。

今度、コーマさんの機嫌がいいときに話を聞いてみましょう。

「お腹空いたなぁ」

私のお腹が音を立てて鳴りました。

# エピローグ②

魔王城では、ちょっとしたブームが起きていた。

「コーマ様、お昼は外でご飯を食べましょう」

現在、魔王城は改装中。そのため、コメットちゃんは魔王城の外でバーベキューの用意をしていた。

ブームというのは、そのことではない。

「よく似合ってるよ、コメットちゃん」

目の前に現れたコメットちゃんの服を、俺はまず褒めた。すると、コメットちゃんは嬉しそうに笑ってくれる。

彼女が現在着ていたのは、浴衣だった。黄色い生地に、朝顔柄の浴衣。コメットちゃんだけじゃない。タラもマユもルシルも、さらにはカリーヌやマネットまで、浴衣を着ていた。

全部俺がアイテムクリエイトで作ったものだ。

麻と染料さえあれば簡単に作れてしまうので、作りすぎた。

俺もいまは真っ黒の浴衣を着ている。

「コーマ、この浴衣って服、綿飴とよく合うわね」

ルシルは浴衣を着て綿飴を食べている。シメー島で食べてから、気に入ったようだ。

ちなみに、ルシルもまた黒い浴衣だ。ペアルックではなく、俺とルシル、ふたりのイメージカラーが黒だったからというだけだ。

ルシルは本来、食事をする必要がないため、栄養バランスに関係なく食べたいものを食べている。それは羨ましいとは思うけれども、コメットちゃんの料理はなにを食べても美味しいから、俺はいまのままでも十分満足だ。

マネットもまた食事を必要としないのだが、

「新入りの僕をひとりにしたら、裏切らないか心配になるだろ？」

と言って、食事の輪に加わっていた。ちなみに、火竜には先に肉を大量に届けている。約束だったからな。

「皆さん、魚も焼けましたよ」

マユがウォータースライムを被って皆に声をかけた。

「マユが魚を焼くって自虐ネタな気もするけれどな」

青い浴衣を着て魚を焼くマユを見て、俺は思ったことを呟いた。

「コーマ様、人魚と魚はまったく別ですよ。というより、私の配下である海の魔物の主食は、魚介類と海草なんですから」

マユがちょっと頬を膨らませて言う。頬というか、ウォータースライムが膨らんだ。

そうだよな。海の中で食べられるものといったら、魚介類と海草くらいか。

マユが魚を食べるのは、むしろ当然といってもいいだろう。

立食での食事のあと、俺はアイテムバッグから木材を取り出し、アイテムクリエイトを使って簡易のベンチを作った。

そして、全員並んでそこに座り、全員で寛いでいた。

マネットが魔王軍に加わったことで、戦いではゴーレムやガーゴイルが使えるという戦略の幅が広がった。それに、スライムのなかにもマグマスライムといった亜種が現れた。

そろそろ、この迷宮を本格的に公開して、人間を誘導し、迷宮を成長させたほうがいいのだろうか？

そう思ったのだけれど、

「コーマ、今度はあれ作ってよ、あれ。リンゴ飴」

「……ルシル、リンゴ飴を作るのはやぶさかではないが、でもその前にほっぺたに綿飴が付いているぞ」

俺が指摘すると、ルシルは見当違いの場所を手探りで触っていたので、ルシルの口の右端に付いている綿飴を摘んで自分の口の中に入れた。

「コーマ、いまの私の綿飴よっ！」

「ええい、うるさい。リンゴ飴を作ってやるから黙ってろ。皆も食べるよな」

俺が尋ねると、マネット以外全員笑顔で頷いた。

マネットは「僕は人形だから食べられないし、見ているだけにしておくよ」と、拗ねるでもなく言った。

そして、俺は再度こう思う。

もうしばらくの間だけでいいので、この平和が続けばいいなと。

心の底からそう思うのだが、そう思うたびに、セイオンの町で出会ったベリアルという名の男の顔が浮かんできた。

やはり、俺はあの男を追うべきだったのだろうか？

なにしろ、あの男が持っていたバスケットボールのような大きさのアイテム。

それは一粒の種だった。

**ユグドラシルの種【素材】　レア：七十二財宝**
**世界樹とも呼ばれるユグドラシルの種。**
**種にも多くの魔力が込められている。**

多くの魔力が込められているという七十二財宝。それさえあれば、ルシルの力をもとに戻す手がかりが得られたかもしれないというのに、俺は恐怖であの男のあとを追うことができなかった。

「……もっと強くならないといけないいな。身も、そして心も」

俺は新たな決意をすると、地図を取り出そうとした。リーリウム王国の場所を再確認するために。

「ねぇ、コーマ。リンゴ飴、まだできないの？」

「わかってるって」

俺はそう言うと、リンゴと砂糖をアイテムバッグから取り出すのだった。

# 閑話　クリスの過去話＝クリスが騙された話

ある日の夕方。俺はクリス、スー、シーと一緒にディナーを楽しむことにした。

場所は前に行ったレストラン。本当は定休日だったんだが、無理を言って開けてもらった。

慰労会のようなものだ。火山噴火の後処理が終わったことは、すでにクリスから通信イヤリングで連絡を受けていたが、スーとシーの話を聞くと、本当にいろいろとあったみたいだ。

「コーマへのお礼も途中で終わっちゃったし」

「……これから暇？」

スーとシーが積極的に俺にアプローチしてくる。あの日のノーパンマッサージを思い出し、飲んでいたブドウジュースを思わず吹き出しそうになるが、なんとか堪えて、

「悪いが、今夜は用事があってな」

と嘘を言い、サラダを食べた。

シヴァエビ【食材】　レア：★★
破壊神シヴァが愛したという美味しいエビ。
東の海に広く分布している。

鑑定結果はこれか。

「今回は最初からシヴァエビだな……味の違いはわからないけど」

俺がそう言うと、オーナーが苦笑していた。レア度もバナナエビと変わらないし、別にどっちでもいい気がするんだけど。

「コーマさんも味の違いがわからないんですね。シヴァエビのほうが味の深みが違いますよ」

クリスが自慢げに言うが、

「クリス、オーナーさんに頼んで、お前のエビだけバナナエビにしてもらったんだが、味はそんなに違うのか？」

「もう、コーマさん！　え？　嘘ですよね？」

勿論本当だ。

「ほら、こっちがシヴァエビだぞ。食べ比べてみろ」

俺がクリスにサラダを渡す。クリスは「んー」と言ってシヴァエビを食べるが……。

「やっぱり同じエビじゃないですか」

とバカ舌をアピールする結果に終わった。

これは本当にシヴァエビなんだけど、マジでわからないのか？

まぁ、俺もバカ舌だから人のことは言えないけどな。

「悪い悪い。そうだ、ワインでも飲んで機嫌を直せよ。俺はワインがあまり好きじゃないから。スーとシーも飲むだろ？」

「へぇ、コーマのお勧めのワインか。それは楽しみだけどさ、この店はワインの持ち込みをしてもいいのかい？」

「ああ、オーナーさんには許可をもらってあるからさ」

普通はダメだろうが、オーナーは俺に弱みを握られているからか、すぐにＯＫしてくれた。

俺は置かれていたグラスにワインを注いでいく。

そして、三人はその注がれたばかりのワインを一口飲み、

「「「まずっ！」」」

と叫んだ。

「渋すぎるよ、なんだい、このワイン」

「コーマさん、騙したんですか？」

スーとクリスから非難を浴びる。

おかしいな、鑑定結果だと美味しそうなのに。

鑑定さん、今日は調子が悪いのか？

「……水を入れたら、少しマシになる」

シーの提案で、三人はワインに水を入れて、

「あ、本当だ。水を入れたらそこそこ美味しいわ」

スーは一気にワインを飲み、

「ワインの水割りなんて初めてですけどね」

クリスはちびちびとワインを飲む。

「……これはこれで……でも普通のワインのほうがいい」

シーもやはり好みじゃないようだ。

あぁ、これは失敗だったか。

仕方がないか。

「悪い。じゃあ、前に頼んだワインを飲むか。今日は俺のおごりだからよ」

そう言って、オーナーさんに一番高いワインを頼んだ。

運ばれてきた魚料理とワインで口直しをしている三人に、俺は質問をぶつけた。

「そういえば、リーリウム王国ってどんな国か知ってるか？」

「どんな国って、国土の八割が森の国よね？　海に面していて、西大陸との玄関口ともいわれているよ」

「……コースフィールドの西の国」

あぁ、それは俺も調べた。国土の八割が森。そのため、多くの種類の動物が生息するといわれている。さらに森のうちの約四割、国土全体の約三割は未開の地域であり、前人未到の地なのだとか。

調査団を年に数回派遣しているそうだけれど、開発は遅々として進んでいないらしい。

あのベリアルという男が行ったのはどこだろう？

その未開の地だったとしたら、捜すのは苦労しそうだ。

俺が悩んでいると、クリスが思い出すように言った。

「懐かしいですね。私、西大陸に来る前に、サイモンさんという人と一緒にリーリウム王国にいたんですよ」

「へぇ、そうなのか。そういえば、クリスが勇者になる前の話、あまり聞いたことがなかったな」

「じゃあ、話しますね。私がリーリウム王国に行ったのは二年前。勇者になる修行をするために、西大陸から海を渡って訪れました」

そして、クリスは語りはじめた。


私がリーリウム王国を訪れたとき、最初にあの人に出会っていなければ、私の人生は大きく変わっていたでしょう。

「お前、その剣をどこで手に入れた？」

冒険者ギルドのリーリウム支部を訪れた私にそう声をかけたのは、黒いコートを着た三十歳くらいの男の人でした。頬がやせこけている黒髪の男性です。見るからに怪しい人ですが、胸に着けられたバッジは教会の司祭の身分を示すもので、私の警戒は一気に和らぎました。

「その剣をどこで手に入れたと聞いている。耳が悪いのか？」

いきなりの物言いでしたが、聞かれてすぐに答えなかった私が悪いのです。

「あ、すみません。この剣はお父さんが集めていた剣で、倉庫にあったものだから、どこで買ったのかはわかりません。そのうちの二本を持ってきたんです」

「見せてみろ」

その人は、私の許可を待たずに鞘から剣を抜き、見詰めます。

まぁ、剣は私にとっては自慢ですから、この人の見てみたいという気持ちはわかります。きっとこの人も、私の剣を見て絶賛してくれると思っていましたが、

「この剣は、ミスリルの剣だな」

と、まるで査定をしているみたいに言いました。

「はい、お父さんの形見です」

お父さんは、家にさまざまな剣を置いたまま死んでしまいました。

私も子供の頃からその倉庫で多くの剣を見てきたので、これでも剣を見る目には自信がありました。ですが、私の持っているミスリルの剣を一目で見抜いたこの人の見る目は、私以上かもしれません。なにも知らない人が見たら、銀の剣と勘違いすることでしょう。

「しかし、曇っている。どうやら呪いを受けているな。お前、最近運の悪いことはなかったか？」

「運が悪い……お父さんが亡くなったことですかね？」

お父さんは死にました。

闇竜という強大な魔物と戦い、その戦いの中で命を落としたそうです。私が持っているもう一本の剣が、そのときお父さんが使っていた剣で、私の宝物です。

でも、お父さんの死と私の運が関係あるのかわからないので、私はほかに思いつく限り運が悪い

ことを言いました。

「ほかにも、乗船チケットを買ったら偽物だったり、船に乗ったら暇な私を見つけた船員さんが釣竿を貸してくれたんですが、あとから多額のレンタル費用を請求されたとか、この国の港に着いてすぐに、子供に宿屋の場所を聞いたらその宿がぼったくり宿だったとか、もうすぐ出産予定の妊婦さんがいて、この町では妊婦さんにお祝いを渡すのが習わしだと聞いてお金を渡したんですけれど、そんな習わしは真っ赤なウソで、しかもその妊婦さんは妊婦さんではないどころか女装をした男の人だったとか、ついさっきこの前でギルド職員さんが偽物で、しかもサインをした紙が貯金を下ろすための同意書で、証を預けたらそのギルド職員さんに必要書類ということでサインをして、ギルド気付いたときには私の貯金が全額引き下ろされていたとか、そういう話は尽きませんけど」

　どうしてでしょう？

　司祭様は私の話を聞いて、少し汗をかいています。

　この程度のことを「運が悪い」と思っている私に、「世の中にはもっと運が悪い人がいるんだ」と説教するのでしょうか？

　そう思ったのですが、

「そうか、それはきっとすべてこの剣の呪いのせいだな」

と、そんな事実を告げました。

　なんと、私がいま現在お金がないのは、この剣の呪いのせいみたいです。

「しばらく俺が預かってやろう。そうすれば浄化もできるだろう」

「え……でも私、それがなかったら……もう一本の剣しかありませんし」

「それがあれば十分だろう」

「あの、私、二刀流の剣士なんですが」

「なら、今日から一刀流になればいいだけの話だ」

「なるほど、それはそうですね」

言われてみれば、とても簡単なことでした。

「では、司祭様、剣の浄化をお願いします。私は近くの森に出没するオーガを退治してきますね」

オーガは食人鬼ともいわれ、人を食べる魔物です。

そのため、見つけ次第すぐに退治しないといけません。

「……オーガをひとりで退治するのか？」

「はい。お金もなくなりましたし、西大陸にいた頃もオーガは倒していましたから」

「……なるほど、そうか。よし、これも司祭の役目だ。俺も一緒に行こう」

「え？　いいんですか？」

「司祭の役目だといっただろう。行くぞ、クリス」

「は、はい！　司祭様。ってあれ？　私、自分の名前を言いましたっけ？」

「言ったさ。さっきな」

……そうでしたっけ？　でも司祭様が言うのならそうなのでしょうね。

「それと、俺のことはサイモンと呼べ」

「それが私とサイモンさんとの出会いでした」

クリスの語りを聞いて、俺もスーもシーも、どこからツッコめばいいのかわからない。

明らかに、その男は信じたらダメな奴だろ。

なにも言わなかったら、ミスリルの剣を持ち逃げされていただろ。お前が強いと知って、そのまま持ち逃げするよりも利用したほうが儲かると思ったんだろう。

そもそも、クリスの名前を知っていたのって、クリスからミスリルの剣を騙し取るために調べていたんだろうし、きっと司祭のバッジだって偽物だろう。

「サイモンさんの指示で私は魔物と戦いました。寝床はサイモンさんが用意してくれましたし、お金もまったくかからない、快適な旅でしたよ」

きっと、冒険者ギルドからの報奨金のほとんどは、そのサイモンが搾取していたんだろうな。クリスに気付かれることなく。

でも、サイモンとの出会いがクリスにとって不幸だったとは思えない。

というのも、サイモンがいなかったら、クリスはもっとたちの悪い奴に騙されて、借金地獄になっていただろうから。いまでも借金地獄なのは変わらないけれども。

「クリスもいろいろと大変だったんだな。ほら、ワインを飲め」

「え？　別になにも大変なことなんてなかったですけど。って、あ、コーマさん！　それ不味いワインじゃないですか！」

さすがに気付いたか。

ということで、高いワインを一本、追加で注文。

「それで結局、そのミスリルの剣は返してもらったのか？」

「あ！　忘れてました。どうしよ……あれもお父さんの形見なのに」

「なら、今度会ったときに返してもらえ」

俺は苦笑して言った。もうクリスの間違いを正すのも面倒になる。

まったく、クリスの父親が憐れすぎる。確か、ラビスシティーでも一本盗まれたって言ってたし、結局二本とも盗まれたのか。しかも一本はミスリルの剣とか、勿体ないにもほどがあるだろ。

オーナーがワインセラーからワインを持ってきたので、クリスに注いでやった。

「クリスはお人好しだからね。今回の私たちの仕事の報酬も全額、セイオンの町の復興資金として寄付したんだろ？」

「あ、それはコーマさんに黙っておいてって言ったじゃないですか。コーマさんの借金、まだ返せていないんですから」

クリスの奴、陰でそんなことをしていたのか。復興に十分なお金はメイベルに頼んで、フリーマーケット経由で俺が寄付したはずなのに。

鍛冶師として作った剣の失敗作を売って、十分な金が得られたからな。それを全部使わせてもらった。

クリスはその後、ワインを一気に飲む。

それがいけなかったのかもしれない。

すっかり酔い潰れてしまった。

ちょうど料理も食べ終わったし、これで帰るとするか。

「スーとシーも悪かったな。こんなバカな話に付き合ってもらって」

「いや、いいんだよ。私も面白かった」

俺は店のオーナーを呼んで会計を済ませる。

結果、会計は金貨三枚……日本円で三百万円程度だった。

これでもかなり割り引いてくれたらしい。

「あ、そうだ。あそこに置いてあるワイン、処理しておいてくれよ。あんまりうまくないそうだけど、水割りにしたら飲めるそうだから、飲んでいいよ」

「かしこまりました」

オーナー自ら、柔和な笑みを浮かべ、頭を下げて俺たちを見送ってくれた。

そして、俺は酔い潰れたクリスを背負い、店を出た。

それにしても、あのワインは不味かったのか。

**バッカスのワイン【酒】　レア：★×七**
**バッカスが作ったといわれる幻のワイン。**
**かつて、このワイン一本のために戦争が起こったといわれる。**

シメー島で作ったワインだったけれど、あんな味で戦争が起こるのだろうか？

そう思って歩いていたら、

「バッカスのワインっ！！！！？」


後ろから、大声コンクールに出場したら優勝できそうな大声が聞こえてきた。

いったい、なにを騒いでいるのやら。

「ほら、クリス。しっかりしろ——湖に落とすぞ。ブラックバスだらけの湖だぞ」

「コーマさん」

俺が脅しをかけると、クリスが俺の名を呼んだ。

目を覚ましたのかと思ったが、寝息も一緒に聞こえてくる。やれやれ、本当に酔い潰れたようだ。

「コーマさんは私のこと、騙してませんよね」

その質問に、俺はなにも答えることができなかった。

騙しているつもりはないけれど、クリスに黙っていることは山のようにある。

でも、まぁ……。

「安心しろ。俺はクリスの味方だよ。世界で十番目くらいには大切に思っているからな」

「そうですか。ふみゃ、安心しました」

そう言って、クリスは俺に抱きつくように手を回す。

クリスの大きな胸が俺の背中に押しつけられる。

まったく、こいつは無防備すぎる……本当にこんなんじゃ悪い男に騙されるぞ。

そう思いながら、俺はフリーマーケットに向かって歩いていった。

ゆっくり、ゆっくりと。

月が湖に反射して、輝いていた。


後日談であるが、飲みかけのバッカスのワインは、好事家に金貨千三百枚で買い取られたと、風の噂で聞いた。あんなに不味いのに。

きっとその好事家もまた、バッカスのワインという名前に騙されているんだろうな。

世の中、騙される人が多すぎる。


（第三巻　了）

Special OMAKE

異世界でアイテムコレクター

# "アイコレ3"キャラデザ大公開！

「異世界でアイテムコレクター 3」の登場人物を
冬馬来彩氏によるキャラデザ画でご紹介！

Illustration：冬馬来彩

## カリーヌ

**DATA**

髪：半透明
目：青色
外見年齢：12 歳
身長：130cm
特徴：元スライムのスラ太郎。
本当は水の精霊アクアリウス。
意外と胸は大きい。

## スー

**DATA**

髪：茶色
目：茶色
年齢：18歳
身長：165cm
特徴：褐色の肌、
小さな熊耳を持つ勇者。
暗器使いの陽気なお姉さん。
袖の中に大量の武器を隠している。

## シー

**DATA**

髪：茶色
目：茶色
年齢：15 歳
身長：164cm
特徴：勇者スーの妹で、従者。
暗器使い。
姉と同様、小さな熊耳を持つ。
以前は姉とともに
凄腕の賞金稼ぎだった。

## 食の達人S《イーティングマスター》

### DATA

髪：金髪ツインテール
目：緑色
年齢：16 歳
身長：147cm
特徴：ハーフエルフの旅人。貧乳。
目元を隠す仮面、
緑色の芋ジャージ姿。
殺人料理大会の救世主と
呼ばれる。

## マネット

**DATA**

髪：金髪
目：濃い金色
身長：50cm
特徴：美少年の人形（マリオネット）。
実はマリオネットの魔王。
人間を操ることができる。

## コーリー

**DATA**

髪：黒のボブカット
目：茶色がかった黒
年齢：16 歳
身長：155cm くらい
特徴：メイベルのいたずらで性別反転薬を飲まされたコーマの姿。健康的な美少女に変身！

# あとがき

平成二十九年春。と書きつつ、あとがきを書いている現在はまだまだ寒い冬の中にいるので、こたつから出たくない時野洋輔です。

このたびは『異世界でアイテムコレクター』の第三巻をお買い上げくださいまして、誠にありがとうございます。この第三巻は、「小説家になろう」様の活動報告で行ったWEB版アイテムコレクター読者向けのアンケートの結果、上位数作品の内容を文章化してWEB掲載し、それを書籍版にするために加筆修正を施し、さらに百ページほど書き下ろした内容になっています。本来なら第一巻のみの登場予定だったスーとシーが再度登場したのもそのためですね。

もともとが短編集であったということのほかに、第三巻で語っておかないといけないのは(食の達人《イーティングマスター》Sに関してはあえてなにも書かないとして)、やはりスライムでしょうか？

あとがきでネタバレはできるだけ避けて通る私ですが、それでも言わせていただきますと、第三巻のキーワードはスライムです。スライムといえば、某竜を探求するRPGでマスコットキャラクターとして定着しているあのスライムですね。今回は章と章の間に、コーマがいろいろなスライムを作るというショートコーナーを用意しました。というのも私はスライムが大好きでして、子供の頃からスライムの絵ばかり描いていました。中二病を患った方が「俺が考える最強の破壊魔法」を考えている間に、私は「あったらいいな、こんなスライム」を考えていました。まさかそれが本になるとは思ってもいませんでしたが。スライム図鑑とか、いつか作ってみたいな。

さて、話はがらりと変わりますが、先日、歯医者に行って虫歯の治療をしてもらいました。ついでに最後の一本の親知らず（正式名称：第三大臼歯）を抜いてもらい、自分の口の中の菌の様子を見せていただいたのですが（病院によるかもしれませんが、検査費二千円必要でした）、なんか凄いですね。細長い線みたいなものがぴょんぴょんと跳ね回り、唾液が来て流されていく。そういう光景を見せられ、あぁ、歯磨きって大事なんだなと実感させられることに。でも、異世界転移物って、基本、歯磨きの描写はないですよね？『成長チートでなんでもできるようになったが、無職だけは辞められないようです』では、主人公の一之丞が「浄化《クリーン》」という魔法を使って口の中の浄化をしていることがありますが、あれは例外です。歯ブラシ代わりに木の枝や葉っぱで歯を磨くという話も聞きますが、可愛らしいヒロインがそんなことをしている光景は見たくありませんよね。

ということで、ちょっと中世ヨーロッパあたりの歴史を調べてみたのですが、歯磨きの文化はヨーロッパよりもイスラム圏のほうが早かったみたいですね。というのも八世紀より広まったイスラムの教えで「口の中を綺麗にするのは大切だ」というものがあるらしく、「ミスワーク」と呼ばれる木の根などを使って歯を磨いていたそうです。それを見たヨーロッパの人々は「あいつらはああやって牙を磨き、俺たちののど元を食い千切るつもりだ」と恐れたそうです。ヨーロッパでは十二世紀頃まで歯を磨く習慣はなかったようですから。その後も金属片で歯の間の汚れを取り、布で歯を拭う程度しかせず、歯ブラシを使うようになったのは比較的最近のことなんだとか。

でも、異世界物語はヨーロッパではなくてやはり異世界。歯ブラシくらいあったって罰は当たらないと思いますよ。歯は大事です。

　でも、こうして調べてみると、中世ヨーロッパの生活ってなかなかに奥が深いですよね。いまにも継がれている伝統的なシステムとかあったのでしょう。

　さて、こういう中世ヨーロッパの生活について知りたいのであれば、一度、『図解 中世の生活』という本を読んでみてはいかがでしょうか？　新紀元社様より販売しておりますので（結局宣伝かよとか言って石を投げないでください）。


　最後になりましたが、『異世界でアイテムコレクター』第三巻の出版に携わってくださった多くの方々、いつも素敵なイラストを描いてくださる冬馬来彩様、そしてこの本を手に取ってくださったすべての方々、ありがとうございます。

　それでは、次は『異世界でアイテムコレクター』第四巻、もしくは『成長チートでなんでもできるようになったが、無職だけは辞められないようです』の第三巻のあとがきでお会いできたら幸いでございます。

時野洋輔

異世界でアイテムコレクター
4
時野洋輔　イラスト：冬馬来彩
ギルドマスターからの依頼を受けて、クリスとともに他国に向かうコーマ。待ち受けるものは……!?
「ネット小説大賞」受賞作、シリーズ第４弾！
第4巻、2017年夏 発売予定！
定価：本体1,200円+税

時野洋輔
もうひとつの
シリーズ！
成長チートで
なんでもできるようになったが、
無職だけは
辞められないようです
イラスト：ちり
「無職の底力、
見せてやる！」
異世界に転移した無職の青年が、常人の
400倍のスピードで成長する能力を授
かって大活躍！　「小説家になろう」発
「ネット小説大賞」金賞 受賞作!!
第3巻は2017年5月
発売予定！
定価：本体1,200円+税
①②巻
好評発売中！

# 異世界でアイテムコレクター 3

2017年5月9日 初版発行

---

【著　　者】時野洋輔

【イラスト】冬馬来彩
【編集】株式会社 桜雲社／新紀元社編集部／堀 良江
【デザイン・DTP】株式会社明昌堂

【発行者】宮田一登志
【発行所】株式会社新紀元社
〒101-0054　東京都千代田区神田錦町 1-7　錦町一丁目ビル 2F
TEL 03-3219-0921 ／ FAX 03-3219-0922
http://www.shinkigensha.co.jp/
郵便振替　00110-4-27618

【印刷・製本】株式会社リーブルテック

---

ISBN978-4-7753-1496-8



---

※本書は、「小説家になろう」（http://syosetu.com/）に掲載されていたものを、
改稿のうえ書籍化したものです。